LA PEAU DU DOS

Un roman de

Bernard Chambaz

La peau du dos

Bernard Chambaz

Roman

Éditions
du sous-
sol

Couverture : Pierre-Auguste Renoir, *Autoportrait*, 1875,
Williamstown, Sterling and Francine Clark Institute,
© Bridgeman Images

Conception graphique : gr20Paris

ISBN : 978-2-36468-660-1

Oleg pense à Renoir qui traversait le Paris révolutionnaire de 1871, uniquement préoccupé par la façon dont les peaux repoussent la lumière.

Frederik Peeters,
Oleg

PARTIE I

LE CHEMIN AUX MERLES

1

Pendant quelques secondes, son chiffon entre les mains, Auguste regarda le type assis sur le rebord d'un rocher de l'autre côté de la clairière. Depuis un bon quart d'heure, l'homme n'avait pas bougé, il se retournait régulièrement comme si un sanglier ou Dieu sait quoi pouvait débouler dans son dos et il semblait en proie à des pensées sombres. Par instants, il s'activait. Il avait desserré les lacets de ses chaussures et il s'était offert une prise de tabac. Rien de plus, rien qui trahît une lubie passagère, rien qui laissât supposer quelque contrariété majeure ou un destin extraordinaire. La tabatière en résine venait sûrement d'une boutique qui soldait les gommes de caoutchouc et les variétés de moka. Auguste s'était rendu compte que l'autre jetait des coups d'œil dans sa direction, mais qu'il détournait aussi vite le regard ; bien que, visiblement, il en mourût d'envie, il n'osait pas lui adresser la parole.

Auguste avait d'autres sujets d'intérêt et il ne prêta pas plus attention à ce type qui avait l'air d'un ouvrier en rupture de ban. Il continua un moment à essayer de peindre la clairière, il chercha une nuance de jaune qui correspondît à cette heure, mais il n'y parvint pas. Par réflexe, il observa les confettis de lumière sur les feuilles des hêtres, il en conclut que l'après-midi avait filé, alors il commença à ranger son matériel. Il y mit sa patience habituelle : le chiffon à sa place dans la boîte de couleurs, avec la palette, le couteau, les pinceaux, les tubes aplatis et enroulés pour ne rien perdre, au prix que ça coûte. Puis il replia son chevalet, remisa le tout dans le sac à dos. Il prit la toile dans une main, son parasol dans l'autre, et il s'apprêta à lever le camp.

Lequel des deux parla le premier ? On ne sait plus.

Raoul se présenta brièvement. Il arrivait de la gare de Fontainebleau, il avait cheminé, un peu au hasard mais plein sud, et, bien qu'il eût l'habitude de beaucoup marcher, il s'était arrêté là parce qu'il avait mal aux pieds. Malgré sa barbe de prophète, il ne devait pas avoir trente ans et, à ses mains, ce n'était sûrement pas un ouvrier. Auguste comprit encore, à demi-mot, que Raoul ne savait pas où dormir la nuit prochaine et – aussi – qu'il préférait éviter les pandores.

Sans autre préambule, les deux hommes se mirent en chemin. Raoul n'avait pas le moindre bagage mais il ne proposa pas pour autant de porter la toile ou le parasol. La toile, Auguste ne la lui aurait pas confiée, de peur qu'il la retournât du mauvais côté ; la mésaventure lui était déjà arrivée et la forêt avait déteint sur son pantalon. Le parasol, il aurait accepté parce que les baleines et le coton ne craignaient plus rien et parce que, le soir, la pique en fer pesait plus lourd que le matin. Au début, ils marchèrent en silence côte à côte ou l'un derrière l'autre quand le chemin rétrécissait entre les éventails de fougères. Et puis, tout à trac, après avoir enjambé un large rocher de grès, Raoul se tourna vers son compagnon de fortune et lui demanda s'il connaissait l'endroit où avait eu lieu l'affaire de la femme à l'ombrelle.

Auguste s'abusa du quiproquo. La femme à l'ombrelle, c'était la sienne, enfin, c'était le tableau qu'il avait peint trois ans auparavant à touches rapides, une toile de deux mètres de haut qui n'aurait pas tenu dans le sac à dos, c'était Lise grandeur nature, venant à notre rencontre sous les feuillages d'une clairière, en robe de mousseline blanche avec des reflets pêche sous les manches transparentes, son chapeau de paille et une ombrelle d'ivoire. Peindre ça à vingt-six ans pouvait donner confiance. Il se contenta de dire qu'il avait déjà badigeonné ce motif ; il garda pour lui que sa femme à l'ombrelle avait été présentée au Salon, que ses amis l'avaient trouvée vivante à souhait, et – aussi – que les académiciens avaient fini par la reléguer dans les combles, au dépotoir.

Après coup, il comprit que Raoul parlait d'une affaire. Oui, du crime qui avait eu lieu dans la forêt. C'était un dimanche de mai, un cocher avait aperçu une femme étendue au milieu d'une clairière, en robe à dentelle de crinoline rouge, le visage sous une ombrelle pour se protéger du soleil. Raoul semblait doué d'une mémoire peu commune car il se rappelait le nom du cocher, Onésime Noël, qui s'était étonné le lendemain de revoir la femme au même endroit, comme si elle n'avait pas bougé, qui s'était approché et avait découvert son visage mangé par les fourmis. L'enquête n'avait pas traîné : la malheureuse avait déjeuné au restaurant dans la forêt avec une amie qui était rentrée seule à leur hôtel avant de retourner à Paris où la police l'arrêta à son domicile.

Inculpée pour meurtre, elle parut au tribunal en robe de coton jaune pâli et caraco de soie défraîchie, un chapeau plat à la mode orné d'une couronne de feuillage terni par le temps, si on en croit le rédacteur du *Petit Journal*, et elle fut comparée par le procureur du tribunal à la cousine Bette de Balzac, ce qui prouve la puissance de la littérature. Si elle répondit à ses questions avec aisance, même quand il fut insinué que les deux femmes s'étaient adonnées à des relations contre nature, si elle protesta de son innocence, les jurés la condamnèrent aux travaux forcés à perpétuité. Auguste se rappelait qu'elle ne s'était pas pourvue en cassation et qu'elle avait fini par avouer son crime. En revanche, il ne se souvenait pas qu'elle avait empoisonné son amie avec de l'acide prussique.

Alors que Raoul brocardait la passion délétère que le fait divers avait soulevée dans tout le pays, les premières maisons du village apparurent. Avant d'arriver à l'auberge, il précisa qu'il était journaliste, poursuivi par la police impériale et sous le coup d'être condamné à la prison pour un délit qu'il n'avait pas commis. Auguste ne lui demandait rien et il ne lui répondit rien. Il avait faim.

La peau du dos

On est en mai 1870, la première ou la deuxième semaine, les fourrés de lilas explosent doucement, personne n'entend la rumeur de la guerre qui menace. Et qui pourrait deviner que l'un – Renoir – sera considéré bientôt comme "le pape", comme le peintre du bonheur même si les mesquins le qualifiaient de peintre pour dames et si les abrutis lui faisaient valoir que le torse d'une femme n'est pas un amas de chairs en décomposition avec des taches vertes et violacées ; et que l'autre – Rigault – sera, sous peu, le délégué à la police puis le procureur de la Commune.

2

Le privilège de la jeunesse, c'est son indifférence à la gloriole. Auguste ne tirait aucune vanité de ces paysages et de ces portraits où il s'absorbait sans relâche, il avait juste l'impression que sa vie était ici et il prenait autant de plaisir à poser des rubans rouges dans les cheveux de son modèle qu'à brosser les touches de blanc qui ébouriffaient la verdure des frondaisons. Raoul ne faisait pas le paon sous le prétexte qu'il venait d'échapper à une descente de la police.

Ce soir-là, il parut naturel qu'Auguste rentrât à l'auberge avec un camarade qu'il présenta comme un collègue, bonsoir tout le monde, un de ces joyeux rapins dont le vagabondage entre les ateliers de la ville et le motif de la campagne était – par principe – innocent. Il fit les présentations, Nana la serveuse, Toto le caniche auquel il avait posé une attelle après son accident, la mère Antony, la patronne qui tenait la gargote toute seule depuis qu'une cirrhose avait expédié le patron au royaume des défunts, un quarteron de zozos voués à faire tapisserie, des jeunes gens du village venus dîner et passer la soirée, quelques clients qui avaient leurs habitudes et réservaient une chambre pour prendre l'air et côtoyer la bohème une petite semaine.

Un lascar qui abusait des échantillons de philosophie glanés au Quartier latin dit que la soif était la chose du monde la mieux partagée et que le bon sens consistait à l'étancher. Ce n'était ni le grand cuveau de rouge ni le léger plumet d'absinthe, le temps viendrait peut-être, mais des carafons d'un petit velours rouget. Auguste fit signe à Raoul de le suivre. À les regarder s'asseoir côte à côte, ils formaient un drôle de couple : Auguste, l'esprit vif, l'œil aussi, prêt à rire, épargné par le despote métaphysique qui pèse sur les âmes tourmentées, le visage émacié pourtant, les joues creuses, le poil au reflet roux, assez grand sous la toise, surtout par comparaison avec Raoul, mais l'envergure des épaules étroite ; l'autre au contraire trapu, les jambes courtes, la barbe fournie, très noire, les yeux camouflés derrière des petites lunettes cerclées, son vêtement chiffonné et poussiéreux, l'air pas commode malgré lui, sans que personne encore eût idée du soleil noir qui l'assaillait.

Après la soupe de perroquet, le lapin sauté aux carottes vous changeait de la routine des haricots et des lentilles qu'il troquait contre une toile chez l'épicier de la rue des Beaux-Arts. La conversation glissait, allègre et décousue. Pas un convive n'avait plus de trente ans. La vente aux enchères d'un portrait de Vidocq fit débat : était-il de la main de Géricault ? Fallait-il croire, ou pas, le commissaire-priseur ? Est-ce le nom de Vidocq ou le prix du portrait, Raoul n'y tint plus. D'une voix soudain plus forte, il rapporta un fait divers dont seules les feuilles rouges, qui dénonçaient la misère et annonçaient la révolution, s'étaient fait l'écho. Une vieille femme était morte de faim sur un grabat, dans une pièce au plancher vermoulu, pas de table, pas même une chaise, deux nippes élimées pendues à la poignée de la porte. Pour les besoins de la cause, il n'hésita pas à ajouter en contrepoint que le même jour, aux Tuileries, l'impératrice portait une coiffure grecque en diamants et une robe de damas arménien cerise recouvrant un jupon de velours vert. Auguste garda pour lui que Raoul paraissait obsédé par les mortes et qu'il semblait s'y connaître en robes.

À la veillée, quoi d'autre que raconter des histoires et boire des coups ? “Vin ou bière, bière ou vin, que mon verre soit plein”, chacun reprenait le refrain en chœur et Auguste y excellait. Entre deux canons, ils grillaient des cibiches et dissipaient des petits nuages de fumée bistre. Raoul apprit à cette occasion que Nicot – auquel nous devons les joies du tabac – était selon toute vraisemblance le grand homme du village. Par quel hasard la conversation revint-elle sur l'affaire de la femme à l'ombrelle ? Peut-être l'évocation des longues pipes que fumaient sous des parasols de soie blanc écru les geishas du shogun à l'Exposition universelle, peut-être la tabatière en bois de corozo que Raoul faisait circuler. En tout cas, il s'amusait que l'endroit fût devenu une attraction pour les touristes, puisque les badauds venaient admirer, en calèche ou à pied, la clairière où le fameux Onésime avait découvert le corps au visage mangé par les fourmis. Un supplément de seize pages avait aussitôt enrichi le *Guide du voyageur dans la forêt de Fontainebleau avec cartes des sites les plus pittoresques* établi par le génie hurluberlu à l'origine des premiers itinéraires balisés par des tirets de badigeon bleu sur les rochers, tracés de nuit, le pot de peinture planqué sous la redingote. Auguste n'utilisait pas souvent le bleu, sauf pour la pièce d'étoffe cousue par son modèle favori, cette petite huile que les dollars des nababs du pétrole importeraient à Dallas dans un musée où les visiteurs la verraient au milieu des porcelaines et des cercueils de pharaons.

Un sabot rouge servait d'enseigne à l'auberge. Tout le monde savait qu'il n'avait rien de révolutionnaire, qu'il ne figurait ni des gueux ni des va-nu-pieds, mais qu'il venait d'un roman populaire à succès. Auguste se mit à raconter que son grand-père avait été recueilli et adopté par un sabotier du nom de Renoir, c'était un préalable pour prétendre que sa famille était d'origine noble et qu'elle avait été anéantie sous la Terreur à cause des Enragés. Raoul se retint d'apporter un commentaire et laissa Auguste disserter sur Limoges, ses émaux, ses porcelaines. L'arrière-grand-père, lui, s'était consacré aux sabots, aux galoches, dont seule la semelle était en bois, des galoches déjà plus légères, le cuir lustré d'un vernis jaune.

Toto suivit la jeunesse dans la salle de billard. Raoul y découvrit, crayonné sur le mur, le dessin qui avait servi d'esquisse au tableau de l'auberge.

Il reconnut le caniche, Nana, le journal posé sur la table. À son grand étonnement, il reconnut même le personnage assis, de face. C'était le maître qui surveillait les études de mathématiques au lycée Louis-le-Grand, où il était entré après ses deux baccalauréats. Il voulut alors raconter une histoire drôle mais elle fit moins rire qu'il ne l'espérait. Il faut dire qu'il était tard.

On convint qu'on se satisferait d'une seule partie et qu'on se limiterait à seize points. On laissa au nouveau venu l'honneur de jouer le premier coup et on admira, avec un soupçon d'envie, le carambolage. Ils tournaient autour du grand tapis en feutrine verte et se dépensaient sans compter pour réussir dans les règles de l'art des coups de pleine bille et des effets coulés, sous le halo des lampes à alcool suspendues au plafond et face au buffet où trônait, au milieu des bouteilles, un vaste bouquet de pivoines rose crème. Et eux, qui se connaissaient depuis à peine quelques heures, semblaient des compères de longue date.

Nana rangeait les assiettes dans le vaisselier, la mère Antony avait fini de replier les nappes de coton blanc. Auguste montra à Raoul la mansarde où il dormirait et il abrégea les remerciements. Malgré sa défaite au billard, il dormit comme un plomb. En revanche, Raoul se retourna longtemps sur sa paillasse. Il revivait sa journée depuis qu'il avait dû fuir tôt le matin quand la police avait voulu l'arrêter, les détours et les subterfuges jusqu'à la gare au cas où des blouses blanches de la Sûreté l'auraient filé, le billet de troisième classe au guichet, les bosquets bucoliques par la fenêtre du wagon, les kilomètres à pied dans la forêt ; il fixa le mur opposé, ferma les yeux et vit les boules de billard qui brillaient comme des étoiles filantes. À la longue, le monde ralentit, et puis il disparut.

3

Ni l'un ni l'autre n'étaient du genre à s'habiller en jaquette gris perle, gilet chamois et escarpins vernis, encore moins à porter des gants beurre frais. L'un apprit la vie à treize ans dans un atelier de porcelaine ; l'autre la découvrit dans les livres sur les bancs d'un lycée. L'un et l'autre eurent pourtant l'intuition que le monde paraîtrait sous un jour splendide. Si des impondérables les réunirent cette après-midi de mai au cœur de la forêt, on peut dire que le hasard fait bien les choses.

Le matin, ils sortirent ensemble, chacun vêtu d'une blouse passée à la hâte par-dessus les vêtements jetés la veille en désordre sur une chaise. Par précaution, même si Auguste ne croyait guère à la présence d'argousins dans les parages, il avait prêté à Raoul la vareuse beige d'un ami. Elle lui descendait jusqu'aux chevilles parce que Bazille était aussi grand que Raoul était petit, et serrée parce que Bazille était mince ; ils en riaient. Raoul avait encore dégoté un béret et il s'était passé les doigts à l'huile de lin pour donner le change.

À l'attirail du peintre s'ajoutait le petit panier de pique-nique préparé par la mère Antony. Un morceau de fromage, deux œufs durs, un petit cornet de sel, une fiasque de vin, trois biscuits à la cuiller. Encombré par son paquetage, Raoul vérifia dans sa poche qu'il n'avait pas oublié sa tabatière. L'air était encore frais, la rue déserte à part quelques volailles, et on se retrouvait aussitôt en pleine campagne. Au bout du village, une odeur de miel émanait d'une tonnelle envahie par les glycines devant une vieille demeure qui aurait fait une jolie planque pour les proscrits du régime impérial. Nicot s'y était installé au retour de son ambassade à Lisbonne, d'où il avait expédié à la Cour le tabac, en poudre ou en herbe, avec les caisses de figues et de mandarines, convaincu de ses vertus sous forme de cataplasme. Auguste avait entendu dire qu'il serait volontiers resté dans la ville blanche à déguster des vins verts et des couronnes de roi aux fruits secs, mais il était rentré afin de compiler son *Trésor de la langue française tant ancienne que moderne*.

Au croisement marqué par un genévrier fendu par la foudre, les deux hommes laissèrent à main gauche le sentier qui menait vers la route de Milady et prirent le chemin escarpé entre deux rochers de grès ensablés dans la grande mer sédimentaire du Bassin parisien. Auguste attendit Raoul, à la traîne, et lui annonça qu'ils suivaient enfin le chemin aux merles. Raoul en profita pour poser son barda et disserter sur le merle moqueur. La forêt de Fontainebleau regorge de passereaux noirs au bec jaune orangé ; tout aussi orangé, le cercle autour de l'œil leur dessine des binocles comme à Rigault.

Allez, chante, beau merle, chante. Marche, beau Raoul, marche, il faut repartir à travers le désert et un tapis de bruyères. Un peu plus loin, Auguste lui montra les fourrés d'où était sorti Narcisse Virgile Diaz de la Peña.

Ce jour-là, cinq ans auparavant, il finissait de reprendre le coin supérieur de sa toile quand il vit apparaître un groupe de gandins et de gourgandines en balade. Il évita de répondre aux moqueries et il ne répondit pas davantage à leurs insultes – canaille, fainéant, en un mot, ouvrier. Eux, les mirliflors, ils étaient six ; le plus acrimonieux s'était approché et il avait donné un coup de pied dans la palette. Auguste l'avait attrapé par le col et s'apprêtait à le dérouiller quand les autres étaient venus à la rescousse, l'avaient jeté à terre, roué de coups, et les filles n'étaient pas les dernières avec la pointe de leur ombrelle. L'affaire risquait de mal tourner quand, soudain, les fourrés s'agitèrent. En surgit non pas un sanglier aux soies luisantes, mais un homme qui fonça sur ses assaillants. Il paraissait de grande taille et vieux, au moins cinquante ans. Le plus étonnant, c'est qu'il avait une jambe de bois et, à la main, une canne dont il faisait des moulinets comme un maître d'escrime. Les autres déguerpirent et le visage navré de Diaz de la Peña s'illumina. Il épousseta sa veste de velours et jeta un œil sur la toile d'Auguste. D'une phrase, il lui fit compliment et lui dispensa quelques conseils éclairés, car le vieil homme avait été le premier à peindre dans la forêt ; et même si on murmurait qu'il produisait des tableaux comme un pommier des pommes, quitte à accrocher des oranges aux branches des pommiers, on le considérait comme un coloriste hors pair et on faisait l'éloge de ses effets lumineux.

À la seule question posée par Raoul, Auguste répondit qu'on avait dû l'amputer, enfant, au-dessus du genou à la suite d'une morsure de vipère. Après un dernier regard vers les fourrés, ils repartirent d'un bon pas. Raoul ne sifflotait plus. Et il regardait où il mettait les pieds.

L'endroit était idéal, en bordure d'une vaste clairière. Raoul posa contre un arbre l'attirail qui lui servait d'alibi, décida du meilleur rocher où s'asseoir et tira de sa poche un opuscule où il entendrait retentir les flonflons de la révolution. Auguste planta son chevalet et sortit ses pinceaux, mais il ne suffit pas d'un endroit idéal pour que tout se mette en place. Il ne parvint pas à s'absorber dans sa toile. Les couleurs se brouillaient sur la palette ; il repensait aux conseils de Diaz ; et deux vers d'une chanson lui trottaient dans la tête et se superposaient aux fonds de vert doux et tendre qu'il essayait, en vain, de rendre : "Des pendants d'oreilles / Cerises d'amour aux robes pareilles." L'heure de la pause serait bienvenue.

Assis face à face, ils trinquèrent d'abord et finirent par les œufs durs. Raoul déplia le bout de papier journal où des grains de sel restaient collés et il lut, à voix haute, les nouvelles de la semaine précédente : la grève des ouvriers en pâtes alimentaires à Lyon, une réclame pour le savon de la

Maison Violet, “le seul recommandé par les célébrités médicales pour l’hygiène et la beauté de la peau”, le programme de la vingtaine de théâtres où, malgré la misère, malgré les présages de guerre, le monde continuait à se divertir.

La conversation porta sur les merles et sur la partie de billard de la veille, sur les coups de fantaisie dont Raoul avait gratifié l’assistance. Par un biais inattendu, elle en vint au plaisir que nous donnent les livres. Auguste ne jurait que par *La Dame de Monsoreau*, voilà un roman merveilleux, rien à voir avec *La Dame aux camélias*, vraie pouffiasse bouffie de sensiblerie. Tel père tel fils, dit-on, quelle fadaise, en l’occurrence le fils Dumas n’avait rien de la générosité ni du génie de son père. Le soleil et la fiasque les poussèrent à esquisser quelques phrases sur Renoir père et sur Rigault père, l’un, tailleur, résumé au périmètre de son atelier parisien – les rouleaux d’étoffes, les échantillons, les ciseaux, les épingles, les bobines de fil, la craie, le mètre –, sérieux comme un pape, forcément aimable mais compassé ; l’autre, employé supérieur au ministère de la Guerre, nommé sous-préfet à Ribérac en 1848, révoqué par l’Empire, de retour à Paris premier caissier chez Christofle, affable mais sévère. Des grandes pièces de vaisselle en or ciselée de Christofle ils glissèrent naturellement aux ferrets en diamants de la reine. Raoul, lui, en tenait pour *Les Trois Mousquetaires* et il apparut qu’il était fasciné par le personnage de Milady. Une espionne qui n’hésite pas à assassiner des otages et qui finit mal, condamnée à mort par les mousquetaires à la suite d’un vote démocratique auquel sont associés leurs laquais, décapitée par le bourreau, pourquoi pas. Auguste n'en trouvait pas moins étrange cette inclination.

Raoul gardait de sa petite enfance des lambeaux de souvenirs ensoleillés sous le ciel périgourdin et de sa jeunesse la mémoire en grisaille d'une vie de pensionnaire au lycée. En quelques mots, c'était le réveil au tambour à la nuit noire l'hiver, le dortoir gelé, le réfectoire muet comme une tombe, la discipline insupportable qui lui avait valu sa réputation d'effronterie, les pensums et les colles, l'uniforme, la messe, l'incurable ennui des leçons, l'odeur d'ammoniac dans les salles de classe, le soulagement d'en être sorti et la satisfaction, malgré tout, d'avoir forgé un caractère.

Auguste, lui, voyait surtout le bon côté des choses. Dès ses treize ans il avait embauché comme apprenti dans l'atelier de porcelaine des frères Lévy qui l'initièrent au secret des émailleurs, qui lui montrèrent comment peindre des bergères sur des vases et des Marie-Antoinette sur des assiettes à dessert, puis, comme il était doué, et comme il plaisait beaucoup à la femme du patron, qui lui faisait miroiter les abîmes de son décolleté, il fut autorisé à figurer des nus qu'il copiait dans *Les Dieux de l'Olympe vus par les grands peintres italiens de la Renaissance*, où Vénus triomphait. Quand le père Lévy ferma boutique, il gagna son pain avec des éventails en série inspirés des fêtes galantes, avant de trouver un autre atelier de peinture, spécialisé dans les stores en toile imperméable. Il apprit si vite qu'on lui confia le papier translucide pour entreprendre des sujets de l'histoire sainte destinés à servir de vitraux dans les oratoires reculés des missionnaires jésuites.

L'après-midi, Auguste s'escrima encore sur un coin de ciel, décidément trop africain. Puis il abandonna la partie. Il rangea son matériel, sans en vouloir à Raoul dont la présence l'empêchait de concentrer toute son attention sur la toile mais qui l'amusait. Il peindrait demain et après-demain. Autant rentrer plus tôt, une partie de billard viendrait à point.

Le soleil chauffait quand ils reprirent dans l'autre sens le chemin aux merles. Raoul boitillait. L'odeur de résine embaumait autant que l'odeur de choufleur à Paris. Sur le tronc d'un pin où il s'était appuyé pour enlever de sa chaussure un caillou minuscule il avisa un escargot ; c'était un petit-gris, il dit qu'il les aimait à l'ail. Et puis il se mit à parler d'un dénommé Allix, un socialiste militant dans les associations ouvrières. Allix avait fait plusieurs séjours en prison et on pouvait supposer que Raoul l'y avait croisé. Il avait également été interné dans un asile. La prison pour troubles à l'ordre public et incitation au désordre, l'asile pour un dérangement sévère. Parce qu'il croyait au magnétisme et à l'harmonie de l'Univers, il imaginait remplacer le télégraphe par le fluide des escargots et permettre ainsi à l'humanité de correspondre instantanément sans fil. Déçu par son échec, il s'était reconverti dans l'apprentissage de la lecture en quinze heures et les fondations d'une école démocratique.

Le retour leur sembla rapide. Le ciel bricolait des boules de coton toutes rondes grâce auxquelles on était prêt à concevoir qu'il existât des corps qui échappaient à la loi de la gravitation universelle, un léger vent donnait le sentiment d'un élan républicain, le monde prenait des allures d'apéritif.

4

Il pleuvait à verse.

L'eau qui dégoulinait du toit creusait une mare devant la porte de l'auberge. Par les fenêtres, la bâche du ciel ne laissait aucun espoir d'éclaircie. Détrempé, le monde paraissait soudain privé de couleurs. L'humidité ajoutait à la maussaderie d'Auguste. Ni son humeur ni son corps ne s'y habituaient et il ne jurait que par les étés. Par un excès de désabusement, il en vint à évoquer la neige du dernier mois d'octobre, le déplaisir qu'elle lui inspirait, plus de dix centimètres dans le jardin de ses parents à Louveciennes et, on avait beau dire et beau faire, ça ne rendait rien sur les toiles en comparaison des robes de mousseline.

Raoul, qui l'écoutait jusque-là sans rien dire et qui ne regrettait pas d'être dispensé d'une trotte supplémentaire dans la forêt, lui coupa la parole et entreprit un éloge de la neige. Mû par le seul désir de porter la contradiction, il se fit l'apôtre des flocons, mais il aurait tout aussi bien pu se lancer dans l'éloge du drapeau rouge. Auguste tenta de développer deux ou trois arguments empiriques, mais il renonça dès qu'il comprit que c'était peine perdue. Le vernis affiché par Raoul depuis leur rencontre dans la clairière craquait. Il s'était mis à parler haut et fort, un débit précipité, interrompu par des quintes de toux. Auguste remarqua alors les narines grillées par la poudre de tabac, d'une teinte cachou.

La pluie engageait à la lecture du journal. Ils y découvrirent une série d'articles sur le plébiscite auquel ils s'étaient abstenus, une rubrique consacrée au Salon de peinture et surtout le reportage vedette sur l'attentat contre la vie de l'empereur. La description des bombes était à la une, dans le genre aimable qui les assimilait à “ces gâteaux qu'on nomme savarins”, une pâte à baba en forme de couronne imbibée de kirsch, la bombe à l'intérieur de la couronne, bourrée de clous brisés ou de picrate de potasse, facile à dissimuler dans la poche d'un paletot. Un dessin à l'appui attestait une vérité irréfutable. Raoul la réfuta pourtant, car les pièces à conviction que la police prétendait produire, tout cet arsenal de bombes, poignards, revolvers à six coups saisi dans la mansarde d'un collectiviste, n'étaient que des charges fabriquées de toutes pièces par les blouses blanches, des mensonges voués à effrayer le pékin et à justifier qu'on jetât la canaille à la fosse commune, voilà pourquoi il avait déguerpi.

Il était donc journaliste et il pensait que le journalisme devait dénoncer les injustices et servir de tremplin à l'action. Sa verve avait trouvé un point de chute dans *La Marseillaise*, un hebdomadaire tout neuf, républicain et satirique. Comme il voulait plus et mieux, il avait créé son propre journal,

Démocrite, dont Auguste n'avait jamais entendu parler. Frappé par les poursuites pour offense à l'empereur et par les amendes, *Démocrite* n'avait pas dépassé quelques numéros. Bien qu'il fût placé sous les auspices d'un philosophe grec dont le nom signifiait littéralement "choisi par le peuple", le peuple ne le soutint pas.

Démocrite, en revanche, n'était pas inconnu à Auguste : il avait vu son portrait coiffé d'un bonnet en peau de renard au musée du Louvre qui venait tout juste de l'acquérir et le nom de Rubens figurait sur la barre médiane du châssis avec un cachet de cire verte. Si le philosophe considérait que l'Univers était formé d'atomes et de vide, il était surtout réputé pour son rire. Oui, il fallait rire au moins de la folie humaine, pas forcément de tout. La preuve, la condamnation d'un caricaturiste pour des croquis à la plume qui avaient déplu à la censure impériale parce qu'ils donnaient "aux portraiturés les physionomies enchanteresses des crétins de l'asile". Mais, franchement, il préférait les chairs épanouies de Rubens, qu'il lui arrivait de copier les après-midi d'infortune.

La pluie ne désemparait pas. Toto arborait le poil frisé des grands jours. Pour occuper la matinée, Auguste eut soudain l'idée de le peindre, juste la tête, grandeur nature. Une petite toile sans beaucoup de couleurs, un fond beige en quelques coups de son pinceau en soie de porc, une terre d'ombre mordorée pour les oreilles, un bon modèle qui le fixait de ses yeux à moitié tristes à moitié doux, la touche de blanc pas tout à fait au milieu de l'œil droit pour le réveiller, son collier pour satisfaire la mère Antony. *Tête de chien* n'avait pas son pareil. Raoul lui trouva le museau d'un singe, ce qui rendait le chien encore plus humain. Auguste prit le parti d'en rire mais, lui, il y voyait en filigrane les yeux de son père dans le portrait qu'il avait peint à Louveciennes quand il avait tant neigé, oui, les yeux de Toto, la douceur en moins. Il y pressentait l'insondable tristesse de la vieillesse.

Dans le regard de son père, Raoul voyait la colère surpasser le chagrin. Le premier caissier était furieux des insolences et des incartades qui avaient valu à son fils son renvoi du lycée dès la fin du premier trimestre, de ces chahuts de tous les diables qu'il avait organisés, ruinant ses chances d'embrasser à son tour la carrière de préfet. Il l'avait chassé de la maison et lui avait coupé les vivres. À dix-huit ans, Raoul avait dû prendre une chambre au Quartier latin et donner des leçons particulières de mathématiques pour payer le loyer de son galetas. Il fulminait encore contre le prétendu droit du père de famille sur ses enfants. Son discours semblait rodé et il se désolait sûrement de n'avoir pour auditoire qu'un peintre et un chien. À tout moment, il se lissait la barbe qu'il avait laissée pousser. Il avait la chance qu'elle fût fournie et drue.

À midi, Nana servit un pâté de lièvre accompagné d'un verre du nuits qui avait fait autrefois la félicité du père Antony. La légende prétendait que le tonneau débouché pour ses funérailles avait offusqué le curé de la paroisse. Raoul confia son zèle à ordonner les enterrements civils. Il se multipliait pour rédiger les faire-part, organiser la distribution, commander les immortelles, régler la cérémonie, répondre aux injures des bien-pensants sur le parcours du corbillard, chenapans, sans-cœur, criminels, assassins, athées. Il exécrait la calotte et les calotins.

Comment passer le temps après une partie de manille vite expédiée et un billard joué d'avance sous les faux jours des lampes à alcool ? Auguste suggéra les échecs, qui excluent le hasard. Raoul accepta à la condition de remplacer le roi et la reine comme à la grande époque de 93, quand le roi était devenu le drapeau, la reine l'officier général, les tours des canons, les fous des dragons, les pions des fantassins ; seuls les cavaliers étaient restés des cavaliers. Auguste trouvait que ce cirque ne changeait pas grand-chose au jeu et il disposa ses pièces sur l'échiquier. Raoul, qui avait tiré les blancs, avança aussitôt de deux cases. Il apparut sur-le-champ que son jeu était tourné vers l'offensive, qui contrastait avec la prudence de son adversaire ; l'un anticipait des suites géométriques et risquait gros à chaque coup sans se soucier de toutes les conséquences de sa décision, l'autre prenait tout son temps pour examiner la situation sous des angles différents et n'avançait qu'à petites touches ; l'un et l'autre disparaissaient quelques secondes dans le nuage de fumée de leur cigarette. Raoul fut plusieurs fois sur le point de s'emparer du drapeau mais, par étourderie, il perdit son officier général. Auguste poussa un cri de hourra – il n'y a pas de petite victoire.

Il ne pleuvait plus. Un soupçon de ciel bleu perçait à l'ouest et permettait enfin de prendre l'air. Raoul se laissa convaincre malgré une vilaine ampoule au pied droit et s'agaça des conseils avisés qui lui étaient dispensés. Question godillots, son frère aîné s'était engagé dans les chasseurs à pied. Ce n'était pas la préfecture non plus mais une carrière idéale pour les âmes éprises de voyages, l'Algérie, le Mexique, la Cochinchine, un destin rêvé pour les adeptes de la mode militaire : une capote-tunique bleu de roi, un pantalon bouffant gris fer avec des passepoils jonquille, un shako surmonté de plumes écarlates. Les deux compères avaient une allure moins martiale en sortant de l'auberge, surtout avec le parapluie à baleines oublié par des clients dans la salle à manger de la mère Antony.

Pour changer, ils s'aventurèrent de l'autre côté. Après le puits, ils passèrent devant la maison aux volets fermés des sœurs Tréhot. L'aînée était la compagne de son ami Le Cœur ; la cadette, Lise, qu'il avait connue quand elle avait dix-sept ans, était aussitôt devenue sa maîtresse et son modèle. Elle était brune et, si les rousses lui plaisaient autant, sa simplicité le retenait. Il révéla à Raoul qu'elle était la femme à l'ombrelle dans sa robe blanche aux reflets pêche et il lui expliqua qu'il l'avait à nouveau peinte là, à l'orée de la forêt, au mois d'avril précédent, mais un jour de grand beau. C'était ce qu'il cherchait à retrouver ces derniers jours, cette légèreté qui rendrait l'allégresse imparable, et aussi ce mouvement qui pouvait faire penser que les sujets sur la toile se fondaient dans le paysage. Lise donnait la main à un homme, et c'étaient les jambes de l'homme qui lui avaient demandé le plus de travail et qui lui semblaient les plus réussies. Qu'on eût loué dans *La Promenade* cette surprenante perception de la lumière à travers les feuillages et le pantalon de l'homme l'avait réjoui. Qu'on eût évoqué à son sujet Fragonard l'avait comblé, car il le plaçait tout en haut de son petit panthéon. Par-dessus tout, il aimait qu'il aimât rire, dans sa peinture et en dehors, habité par la conviction que ce qu'on appelle la grande peinture peut être joyeux.

Le chemin était mouillé, les fougères ployées par la pluie, les grès lustrés. Raoul glissa dans une flaque. La mésaventure lui rappela le jour où il était entré dans la fontaine du jardin du Luxembourg pour montrer à une fille qui rigolait volontiers la nymphe qui venait de remplacer Vénus. Ils s'accordèrent sur le principe que les amours et le rire vont ensemble. Leurs amours étaient enjouées, placées sous le sceau de la simplicité. Ni l'un ni l'autre n'était disposé à se marier. Lise ne demandait rien. Raoul avait fait de l'union libre son cheval de bataille et il encensait les contrats de mariage par-devant nature. Il avait eu maille à partir avec la police et la justice pour en avoir défendu le précepte lors d'un meeting dans la salle du Pré-aux-Clercs, une salle de bal ouverte sur les vestiges du couvent des Récollettes où les nonnes se recueillaient. Raoul donnait aux filles de joie le nom de “citoyennes prostituées” et Auguste considérait les cocottes comme des déesses descendues de son beau livre de peinture où triomphaient les nus. L'un et l'autre les trouvaient épatantes. Ils leur devaient beaucoup parce qu'elles les avaient délestés de leurs timidités.

Tout ça était bien joli mais il était temps de rentrer. Auguste observa la tendresse des nuages au couchant. Raoul gardait les yeux baissés sur ses chaussures. Ils traversèrent le village, souhaitèrent le bonsoir à des vieux ratatinés sur une chaise dans leur jardinet, ils admirèrent les poules noires à camail doré qui s'ébrouaient dans la basse-cour et croisèrent quelques nantis qui baguenaudaient.

La soirée traîna en longueur. Des historiettes du cru et un pot de confiture la relancèrent. Faute de nouvelles fraîches, Raoul commençait à envisager son retour dans la capitale. Auguste y songeait aussi. La complicité avec ses amis lui manquait, non seulement cette connivence autour de la peinture mais aussi la multitude de bricoles qui les liait depuis plusieurs années. Après une partie d'échecs qui tourna court parce que Raoul avait la tête ailleurs, on se consola à coups de glorias. La veillée finit sur une profession de foi socialiste et sur un dernier gloria, avec moins de café mais davantage de rhum.

5

Jaune, une première touche, jaune, une autre touche, un jaune de Naples, le tube déjà aux trois quarts vide, les poils de martre qu'il avait d'abord rincés à l'eau froide et au savon puis doucement frottés sur la paume de la main, tenant maintenant le pinceau par le bout du manche, se reculant un peu pour juger de l'attaque, bien campé sur ses jambes, face à la toile et à la rangée de peupliers. Il faisait déjà chaud, il s'essuya les mains et il se dit tout à coup que d'une certaine façon on peignait comme on se jette dans l'eau pour nager. Il trempa le pinceau dans le godet de térébenthine et le posa sur le rebord de la boîte à côté de la brosse en soie, évaluant ce qu'il lui restait d'ocre et de chrome sur la palette. Ce qu'il sollicitait, c'étaient bien des effets de soleil, à défaut du soleil qui paradait comme un gros pamplemousse. Les siens restaient toujours orangés. Ce jaune vif ce sera pour beaucoup plus tard, pour le fronton de la maison de la poste à Cagnes, pour ses premiers citrons à plus de soixante-dix ans, ce sera à peu près tout car il sera rattrapé par l'habitude quand il peindra son marchand préféré en toréador ou le chapeau de ses dernières baigneuses, ce sera pour les autres, pour la génération d'après, les taciturnes et magnifiques qui dialoguaient directement avec les puissances des ténèbres et qui se rinçaient à l'absinthe. Il reprit son pinceau, jeta un nouveau coup d'œil aux peupliers au bord de la rivière au cas où la lumière aurait changé, il s'obligea à ne pas lisser ses touches, il les juxtaposa sans crainte qu'elles se chevauchent, il était temps de décoiffer tout ça. Il insista, plongea le couteau en pleine pâte, mais l'évidence se refusait. En désespoir de cause, il demanda à Raoul d'avancer d'un pas vers le champ de pissenlits, mais rien n'y fit. Ni les pissenlits ni Raoul aux trois quarts de dos dont on devinait la main droite au moment où il sortait la tabatière de sa poche. Il était vraiment courtaud et il contrariait ce jaune de Naples qu'Auguste maniait pourtant avec bonheur depuis l'époque des assiettes en porcelaine. Sans regret, il commença à donner des grands coups de blanc de plomb pour recouvrir le tableau. Il n'allait pas gâcher une toile. Et il n'allait pas se frapper pour autant.

Raoul s'approcha et ne comprit pas tout de suite de quoi il retournait. Il tentait de discerner des formes sur la toile, il écarquillait les yeux, ne sachant s'il devait mettre sur le compte de la chaleur ou de la modernité le fait qu'il n'y vît presque plus rien qui ressemblât à un paysage avec un personnage. Si sa myopie contribuait aussi à cet air supérieur qu'il affectait parfois, elle ne l'empêcha pas de remettre la main sur la gourde en cuir préparée par Nana, mise au frais dans un trou d'eau sur la berge. Il revint avec le sirop d'orgeat, en avala deux trois gorgées et tendit la gourde à Auguste qui lâcha, sur un ton de défi, qu'il pourrait peindre avec ce sirop d'orgeat. Mais il se ravisa, il n'allait pas non plus gâcher le sirop. Au milieu de la rivière, un tronc d'arbre dérivait au fil de l'eau comme un bouchon de liège.

Le bouchon, c'était déjà son dada et il partageait le point de vue de son frère, qui considérait qu'un homme qui n'a pas de dada ignore tout le parti qu'on peut tirer de la vie. Raoul l'aurait formulé autrement mais il était d'accord. La théorie d'Auguste était de suivre le courant, de ne donner un coup de rame à droite ou à gauche qu'à bon escient et jamais contre le courant ; s'il ne faisait pas de la peinture pompier, ce n'était tout simplement pas son monde, son bord de rivière ou son coin de forêt. Raoul, lui, n'avait rien contre le bouchon mais il n'était pas du genre à se laisser porter. Au contraire, sa pente naturelle consistait à le pousser aussi loin que possible.

Son agitation au Quartier latin visait à mobiliser les foules et à battre le rappel. Les bandes d'étudiants devaient converger avec les groupes d'ouvriers qui produisaient les richesses dans les ateliers ; des typographes, des relieurs, des graveurs, des menuisiers, des cordonniers, des ciseleurs, des mouleurs, des aiguiseurs, des bronziers, des ferblantiers : on n'en finirait pas de dresser la liste des métiers, de tous ceux qui répondaient au nom bientôt glorieux de "prolétaires". Sa vocation l'appelait à brandir le glaive de la justice sociale, à ne jamais le remettre au fourreau, qu'il s'agît des heures de travail, des bas salaires, des ouvrières payées moitié prix pour le même travail, de l'exploitation des enfants, des indigents, de la misère sans fond, les draps mis en gage au mont-de-piété, les moribonds ne laissant pas même une chemise quand on les évacuait entre quatre planches alors qu'une robe de l'impératrice ou le costume d'un sénateur pouvait représenter dix années du salaire d'un ouvrier.

Auguste fit alors valoir qu'il les connaissait, les ouvriers, de près. Et qu'avoir vécu parmi eux n'empêchait pas cette amitié avec Bazille, un fils de sénateur cévenol, question de tempérament, même si ses mélancolies les différenciaient. Les grandes heures de son combat social remontaient aux jours où le patron de l'entreprise de porcelaine s'était résigné à la fermeture de la boutique pour aller regarder pousser les melons dans sa campagne du Midi. Auguste s'était démené pour le convaincre d'attendre et de tenter l'expérience d'une coopérative : les ouvriers paieraient au patron le loyer du local et ils partageraient les bénéfices des ventes à parts égales. À dix-sept ans, il avait conquis son bâton de maréchal, le surnom de Monsieur Rubens, que les vieux briscards lui avaient attribué autant pour son talent de diplomate que pour les chairs roses de ses créatures sur les assiettes. Mais l'essor du machinisme eut raison des bonnes volontés. Auguste essuya les rebuffades au porte-à-porte et il fallut laisser le patron partir à ses melons et chercher du travail ailleurs.

L'épisode rabattit le caquet de Raoul, qui rengaina ses abstractions. Pas pour longtemps toutefois car, entre les deux œufs durs, il plaça son article sur le cruel épilogue du conflit du Creusot, “La forge aux forgerons”, mais c’était pour invoquer l’exposition Courbet qui s’ouvrait cette même semaine à Dijon, un geste de solidarité au profit des femmes des vingt-deux condamnés à deux cent quatre-vingt-dix-huit mois de prison pour fait de grève. Le procureur général les avait accusés d’être des mauvais ouvriers ingrats qui s’attachaient à des vieilleries et se comportaient en émeutiers malgré la générosité de leur patron qui faisait ruisseler “des flots d’or sur le pays”. Les visiteurs paieraient cent sous pour admirer ou abhorrer des toiles envoyées par Courbet ou *La Femme au perroquet*, prêtée par son acquéreur, à l’initiative de cette exposition. Auguste ne savait pas ce qui l’impressionnait le plus, l’exposition ou le tableau, qu’il avait vu naguère, la vie qu’il y a dans sa peinture, l’audace aussi, et son rire malgré sa jactance et ses rodomontades de gros naïf. Raoul ne le connaissait que de réputation. Auguste lui confirma qu’il était de première catégorie.

Outre le hasard de leur rencontre et cet élan singulier de la jeunesse, ce qui les réunissait sous une même bannière, c’était le plaisir de marcher dans les rues de Paris, de lever le nez, les femmes sans discrimination aucune, les marchands de nouveautés pourvu qu’on y vendît au rabais les lavallières, les ponts, surtout le Pont-Neuf, avec ses fiacres et ses petits nuages blancs, la diversité de ses quartiers, les trognons de choux dans les caniveaux et les parterres de roses comme des sorbets à la framboise, les noms des rues. Et là, en pleine récréation champêtre, bercés par le plumeau des cirrus, ils se remémoraient les ardeurs de la ville. Raoul faisait encore l'original. Exit toutes les bondieuseries ; il inventait le Boul'Mich' et il arpentait le faubourg Jacques. Mais son plan de Paris obéissait à la rigoureuse logique des salles de meeting, rive gauche et rive droite, l'Alcazar place d'Italie, le Vaux-Hall à côté de la place du Château-d'Eau qui deviendrait dans moins de six mois la place de la République, les Folies Belleville où il avait harangué un auditoire de quatre mille partisans accourus à une de ces réunions publiques enfin tolérées par l'Empire. Il ne se priva pas de raconter pour la centième fois cette anecdote – quand le commissaire de police monté d'office à la tribune avait refusé d'aller s'asseoir dans la salle, alors Raoul et les orateurs en étaient descendus et l'avaient laissé seul sur l'estrade avec son sténographe sous les lazzis. Si tous les arrondissements avaient leurs attraits, le pompon revenait au premier – le Louvre pour Auguste et pour Raoul l'île de la Cité, le sombre et merveilleux royaume de la police et de la justice.

Pour l'instant, ils goûtaient à une tranquillité souveraine, les pieds dans l'eau, assis sur une herbe épaisse, bayant aux corneilles, lançant de temps en temps un caillou dans la rivière pour contempler les ronds. Raoul se taisait ; s'il avait passé la blouse le matin, il n'avait emporté ni toile ni chevalet, il méditait ses lubies et le dogme. Bien sûr, il ne se tut qu'un moment. Quand ils virent passer une barque, il reprit la parole pour dire qu'il était allé une fois à la Grenouillère et qu'il n'avait pas aimé ce "Madagascar des bords de Seine", moins les perroquets noirs et les baobabs amoureux. Malgré le côté à la mode et grégaire, Auguste s'y était plu ce dernier été – pour le café flottant, pour une certaine nonchalance, pour les séances de canotage, pour la baignade, pour les miroitements de l'eau et les trouées de lumière, pour l'ombrelle d'un bleu cobalt tout neuf qu'il avait osé. Raoul préférait les guinguettes ouvrières et un autre loisir moins oisif : les rassemblements, les défilés, les tumultes, toujours là, à discourir, à gesticuler, à s'empoigner, avec l'entrain et la gouaille d'un gamin, le jour la rue et les cafés, la nuit le bal, jour et nuit des toasts, histoire de trinquer à la Sociale.

À la longue, ils éclusèrent les deux fiasques de petit velours rouget. Sur le tard, ils tinrent encore des propos qui révélaient l'intransigeance de la jeune génération. Avec le naturel de leur âge, ils l'appliquaient en toutes choses – pas de concessions ni de cadeaux, quelle que fût la part d'injustice. Raoul ne ménageait pas ses parents. Son inclémence avait des racines apparentes : son père l'avait chassé et n'avait rien fait pour le rattraper ni même replâtrer une affinité nouée sous la tonnelle du jardin de la sous-préfecture à Ribérac ; sa mère, certes, ne l'avait pas mis à la porte, mais elle était demeurée dans l'ombre de son époux et ce repli n'était pas une excuse aux yeux de son fils. Elle n'avait su retenir ni le cadet ni l'aîné, engourdi par l'opium à son retour de Cochinchine. Pour lui, elle demeurait la fille de boutiquier subjuguée par les passementeries et les injonctions d'une bourgeoisie exemplaire. Auguste se contenta d'indiquer que sa mère était couturière, qu'il ne l'avait jamais vue avec le moindre ruban dans les cheveux et qu'"elle croyait au savon de Marseille". La sévérité de Raoul visait tout autant les vieilles barbes de 1848, les républicains qui avaient gâché la république et les révolutionnaires qui avaient raté la révolution, par excès de sentiment et par manque de détermination, discrédités sans appel et sans la moindre gratitude.

Les merles avaient déserté le chemin du retour. Auguste repensa à Diaz, à ce qu'il lui devait : le conseil primordial d'abandonner ce noir bitumeux qui ternissait la toile, le crédit qu'il lui avait ouvert chez le marchand de couleurs. Mais il n'avait pas donné suite à son invitation de venir lui montrer son travail ; c'était moins un principe qu'un réflexe et, s'il n'avait pas très bonne conscience, la vie était ainsi faite. Quant au Salon de peinture qui venait d'ouvrir ses portes au palais des Champs-Élysées, trois mille quatre cent vingt-neuf artistes y étaient exposés dans le style bric-à-brac. Il était sûr que son odalisque serait mal accrochée, parmi des croûtes et des savonneries, car ce n'était pas le sujet qui importait mais la façon dont il était traité. Est-ce que ça valait mieux qu'un refus ? Sans doute, si on voulait vendre. Il eût fallu réussir à s'en foutre. Mais ce n'est pas si facile.

6

La vie, rien que la vie, pas de littérature. C'était déjà le leitmotiv du jeune Renoir quand il ne pouvait pas peindre faute d'argent pour acheter des couleurs, un état "oùsqu'on se fait, entre parenthèses, assez vieux" ; ça le restera quand il baladera son chevalet dans la forêt ou quand il étendra des nus tout roses sur ses toiles. Il finira par vieillir et par accomplir une œuvre que ses biographes disent monumentale. Rigault, lui, fut de façon plus fugace un monument. Dans les rues du Quartier latin et dans les salles de bal dévolues aux meetings, il avait déjà acquis une telle notoriété qu'il constituait une attraction : "On le faisait visiter aux nouveaux venus après le Louvre mais avant la colonne Vendôme."

À quoi ressemblerait l'avenir ? Ils avaient beau trimer au grand œuvre, la question les tracassait. La gaieté fait les yeux doux à la jeunesse, le méchant crêpe du cafard aussi. Le chien Toto acquiesçait. Devant leur bol de chicorée, ils cédaient à la secrète nostalgie de leur dernière matinée à Marlotte. En réaction, ils se demandaient ce qui les attendait, ce que les uns et les autres deviendraient, Nana, la mère Antony, les copains, les voisines, un frère aîné catapulté sous un horizon exotique.

Victor exerçait le métier de tailleur comme son père. Ses costumes et son éducation avaient plu à un grand-duc russe qui l'avait persuadé de le suivre dans son pays, où il lui avait fourni une belle maison vert pistache à Saint-Pétersbourg et une datcha au bord d'un lac, un traîneau à patins l'hiver, un cabriolet à ressorts avec un coffre pour le cocher l'été, une femme langoureuse dont les velléités se cantonnaient à son divan et aux chocolats à la liqueur. Rien qui fît rêver Auguste, surtout à cause de la neige. La suite l'en aurait dissuadé davantage. Victor avait succombé à la vogue des tailleurs pour dames et surtout aux dames ; il dépensait ce qu'il gagnait en caviar, en vodka et en champagne tandis que sa femme se consolait avec les chocolats, qui lui consumèrent le cœur. Il n'avait plus qu'à revenir chez sa mère ruiné, moulu mais placide, laissant sa vie s'abréger sous “un énorme édredon rouge rembourré de plumes”.

Tandis qu'Auguste préparait son bagage, Raoul tournait autour de la carriole de la mère Antony qui les conduirait à la gare une paire d'heures plus tard. Puis, pour se dégourdir les jambes, ils choisirent une dernière fois le chemin aux merles. En face de l'auberge, deux mouflets jouaient avec un arrosoir et un cerceau. Quel âge avaient-ils ? Trois ans, six ans ? La conversation ne s'éternisa pas sur les aléas de la paternité.

Est-ce le chant du merle ou un impératif de franchise qui incita Raoul à dévoiler enfin ses séjours en prison ? Il présentait un joli palmarès, surtout pour un garçon qui n'avait pas encore vingt-quatre ans. Auguste comprit mieux ce qui l'avait poussé à chercher refuge dans la forêt. Un casier judiciaire bien rempli, dix condamnations par la 6e et la 7e chambre du tribunal correctionnel, pour délit de presse, délit de parole, cris séditieux, excitation à la haine, diffamation, des centaines de francs d'amende, vingt-deux mois de prison. Il avait ses habitudes à Sainte-Pélagie, qui accueillit du beau monde, et pas seulement Vidocq, Nerval et Daumier, il y avait des bons camarades qui laisseraient un nom plus ou moins oublié dans la longue liste des insurgés au grand cœur. Il perpétua la tradition des manifestations à l'intérieur de la prison quitte à prolonger la peine, y composa une chanson à succès sur le Boul'Mich' que les étudiants chantaient avec “Le temps des cerises”. Entre deux enfermements, il rencontra Blanqui qui s'en était évadé. Le Vieux, soixante ans bien sonnés, dont la moitié en prison, commandait le respect ; un mythe, un type sévère, froid, tiré à quatre épingles, Méridional rembruni contrastant avec ce gamin que les jaloux traitaient parfois de morveux, exubérant, débraillé, parigot. Blanqui professait l'action directe et la pluralité des mondes.

Renoir n'adhérait pas à l'action directe et il doutait de la pluralité des mondes. À ses yeux, le tout manquait de simplicité et il ne savait pas comment dire à Raoul que ces révolutionnaires se poussaient du col. Pressentant ses réticences, Raoul lui raconta l'affaire du Café de la Renaissance qui avait contribué à asseoir sa renommée quand il n'avait pas encore vingt ans, lui épargnant toutefois les détails, ce dont Auguste se félicita.

À la sortie du café où ils s'étaient réunis, les blanquistes avaient été cueillis comme une fleur par la police à cause des indicateurs qui s'infiltraient dans les partis et les clubs, les mouchards à la botte de Monsieur Claude, le chef de la police de Sûreté à la préfecture. Pour s'en défendre, l'idée d'organiser une contre-police avait fait florès. Rien d'exaltant, au moins a priori, il fallait quelqu'un pour s'y coller. Raoul fut ce collectionneur fervent. Avec abnégation, il avait constitué des dossiers : il repérait les flics, les filait, les épiait, les logeait, les situait dans la hiérarchie de la préfecture, il notait leur adresse, leurs habitudes, leurs contacts, il connaissait tous les commissaires de police et tous les officiers de paix. En deux ans, il avait créé un répertoire exhaustif et détaillé. Tant qu'à faire, il n'allait pas s'arrêter en si bon chemin. Il potassa le droit pénal et la procédure, il plongea dans le code d'instruction criminelle, il surnagea grâce à la mémoire qui lui servait jadis dans les équations différentielles, il fréquenta le Palais de justice, et effectuait un va-et-vient permanent entre les prétoires et les cafés. Au bout du compte, il rédigea des fichiers précis sur les magistrats. Monté en grade, en janvier, au lendemain de l'assassinat du journaliste Victor Noir par un prince Bonaparte, il avait réuni autour de l'Odéon toute une colonne d'ouvriers et d'étudiants, munis de pistolets, de pétoires, de couteaux à virole, de bistouris et de compas, mais l'insurrection n'avait pas été déclenchée.

La seule fois où Auguste avait frôlé le crime – c'est en tout cas l'histoire qu'il aimait enjoliver –, il la devait à une superbe fille des Halles dont le maquereau avait été suriné dans une rixe. Elle avait jeté son dévolu sur lui parce qu'il était joli garçon et poli, elle officiait dans une robe à trois étages de falbalas, elle voulait qu'il la peignît dans son boudoir et parmi les potirons au lieu d'aller décorer les stores et elle promettait de le payer en louis d'or. Mais on jasait dans la rue sur la conjoncture de la rixe et il avait préféré s'éclipser.

S'il n'aimait pas les armes et s'il n'avait jamais manié la canne comme Narcisse Diaz, Auguste appréciait les jeux d'adresse. Ils étaient arrivés à la hauteur du genévrier fendu par la foudre et il proposa un concours innocent à Raoul, qui ne pouvait plus le refuser. En deux minutes, ils ramassèrent une demi-douzaine de pommes de pin chacun. Auguste désigna un tronc pour cible, Raoul ajusta son lorgnon. Il était visiblement moins doué qu'au billard et la leçon implicite leur suffit. Le vainqueur sifflotait, le vaincu marronnait en retournant à l'auberge où une collation les attendait. Avec sens de l'à-propos, ils se roulèrent une cigarette devant la glycine de la maison Nicot.

Le trajet en carriole refermait une parenthèse inespérée. Raoul avait l'impression d'avoir pris une semaine de vacances, Auguste aurait volontiers prolongé le plaisir. À la belle saison, il rentrait parfois à pied, c'était l'histoire de deux jours. S'il avait marché d'un bon pas, il dormait à Étiolles chez un émailleur, sinon dans un fossé à la belle étoile. Ils patientèrent en silence sur le quai ; Paris était désormais à une heure et demie par le chemin de fer au lieu de sept heures par la malle-poste et dix, autrefois, par le coche d'eau. À sept heures, ils s'installèrent dans le wagon. Raoul pensait à la locomotive de l'Histoire et aux viaducs qu'il aurait construits s'il était entré à l'École polytechnique, au train du dictionnaire universel Larousse grâce auquel "l'homme n'a plus rien à envier aux poissons et aux oiseaux", aux vicissitudes de la lutte pour le pain et les roses. Auguste regardait les champs de coquelicots défiler à toute vitesse. Au milieu de la banquette, en face, une jeune femme avait posé son ombrelle sur ses genoux. Il lui fit un compliment, elle lui sourit.

Raoul remâchait une phrase de remerciement. Ils échangèrent une franche poignée de main. Quand ils se séparèrent sur le parvis de la gare, la nuit n'allait plus tarder.

PARTIE II

LA RUE DE JÉRUSALEM

❶

Vus de loin, les soldats fédérés impressionnaient le chaland. Vus de près, ils composaient un bataillon plutôt badin, dépareillé, rien que la coiffe, képi noir à bande verte, képi à pompon jaune, bonnet phrygien de martre, la vareuse noire ou brune, une veste bleu foncé, des pantalons à rayures ou à bandes et, pour couronner le tout, un brigadier de Garibaldi, en rouge des pieds à la tête comme sur la scène de la commedia dell'arte, sa toque surmontée d'une invraisemblable plume de paon qui oscillait jusqu'en bas de son dos. Ils marchaient droit devant, en godillots, quelques-uns en bottes ou bottines usagées. Le plus jeune portait toujours les chaussures fantaisie qu'il avait enfilées la veille au soir pour aller au bal.

Ils sortaient du siège de l'état-major de la Garde nationale, place Vendôme, où ils s'étaient rendus en délégation parce qu'ils avaient pris goût à la démocratie. Ils descendaient les treize marches de l'escalier de la terrasse des Feuillants, déçus de ne pas avoir été reçus, en raison des circonstances, imprégnés de l'idée qu'ils avaient de la justice et du droit, bercés par le fond de l'air, étourdis par quelques illusions. Les uns encensaient le Comité central pour sa décision d'interdire l'expulsion des locataires dans l'impossibilité de payer leur loyer ; les autres lui reprochaient son indécision ou sa fermeté ; les uns et les autres commentaient l'épisode qu'un capitaine venait de leur raconter par le menu : au début de l'après-midi, le dénouement brutal de la manifestation des forces les plus hostiles à la Commune. Elles avaient défilé sous la bannière des Amis de l'Ordre, ruban bleu distinctif à la boutonnière, canne-épée à la main, revolver dissimulé dans la poche de la redingote, sous la conduite d'un vieux baron qui avait tué autrefois Pouchkine en duel, leurs rangs grossis au passage devant la Bourse par des agioteurs et par des zouaves venus y percevoir leur écot ; des cris, des vociférations, des véhémences, en résumé ils menaçaient le peuple et le traitaient de canaille. Malgré le sang-froid du commandement de la Garde, malgré les sommations et les roulements de tambour, les rubans bleus avaient mis le feu aux poudres ; à la fin, ils avaient déguerpi comme des lapins – c'était l'avis du lieutenant-général américain Philip Sheridan, témoin de la fusillade, attiré à la fenêtre de la suite qu'il occupait à l'hôtel Westminster, un expert en guerre civile et en massacres, courageux mais impitoyable : c'est lui qui avait dit que le seul bon Indien était un Indien mort. On relevait de part et d'autre quelques victimes et on ne comptait plus les cabriolets qui acheminaient vers les gares de chemin de fer les trouillards et les précautionneux, leurs malles, leurs valises et leurs sacoches de nuit où ils avaient roulé les titres de leurs obligations financières. Il se murmurait déjà qu'un mauvais coup pouvait livrer par surprise Paris à Versailles.

On était le 22 mars 1871 en fin d'après-midi. À cette date, en général, le ciel s'adoucit, la vie renaît aux terrasses des cafés et c'est le moment de rabattre les vieux lilas. Cette année, la Commune venait de se mettre en branle et les lilas étaient relégués à l'arrière-plan.

D'un pas nonchalant, les fédérés traversaient la terrasse des Feuillants, brodant autour de la fusillade qu'ils avaient donc ratée de quelques heures, admirant le boulingrin vert tendre où ils se seraient volontiers allongés pour une pause bienfaitrice après une journée de vaine pérégrination si une agitation du côté de l'orangerie, au bout de la terrasse du Bord de l'eau, ne les avait alertés. Un groupe de quidams s'affairait autour d'un individu qu'ils ne voyaient pas, pour une raison qu'ils ne comprenaient pas.

Auguste était en train de peindre sans se soucier de l'histoire de la peinture ni de l'histoire tout court, indifférent aux coups de pétoire qu'il avait entendus en plaçant son chevalet sous les ormes, juste préoccupé par les traces de son pinceau sur la toile, par les touches de bleu et de vert, par leur juxtaposition, par l'espace entre elles, absorbé par le mélange des deux couleurs et l'adjonction de blanc, attentif au mouvement de l'eau à la surface du fleuve, aux remous et à la perception du soleil – même pâle – au creux des vagues, habité par ce foutu jaune vif qui se dérobait et par la conviction qu'il pourrait tout résumer par un moyen simple ; ce mystère, il le découvrirait dix ans plus tard, au Salon, devant le coup de maître réussi par Manet avec l'évasion de Rochefort dans les mers du Sud, la deuxième version, la petite où on ne voit quasiment que l'eau, ce coup de balai général qui aurait conduit Auguste à abandonner la peinture s'il n'avait pas eu, au fond, ce caractère heureux. Il avait bien senti quelques curieux dans son dos mais c'était courant, des flâneurs qui s'arrêtaient un moment derrière des peintres du dimanche, des joueurs d'échecs ou des pêcheurs à la ligne. Soudain, il ressentit moins de la curiosité que de l'animosité : une femme d'une cinquantaine d'années ne se contentait plus de maugréer mais elle appelait à la rescousse. Elle se mit à dénoncer un traître, un ruban bleu, un espion qui dessinait des plans pour permettre aux Versaillais d'entrer plus facilement dans Paris. Auguste tenta d'argumenter. La femme était cantinière, elle le clamait à la ronde. Il savait qu'on les écoutait.

Tandis qu'il rangeait son attirail, les soldats fédérés l'entourèrent et débattirent de l'endroit où le conduire. Une mairie ou un commissariat – quel arrondissement, quel commissariat dans les parages qui offrît les meilleures garanties ? Le jeune aux chaussures fantaisie prit sous son bras le tableau qui constituait la preuve du forfait. La cantinière revenait à la charge et traitait Auguste d'"Israëlite", autrement dit de mouchard au service des princes et des propriétaires. On n'allait quand même pas procéder à un vote ; on irait donc, de ce pas, le déférer à la préfecture de police, rue de Jérusalem.

Pareille destination n'augurait rien de bon, mais elle valait mieux que d'être noyé dans la Seine comme un chat, ainsi que le suggérait la cantinière. Autour de lui, Auguste cherchait un témoin en sa faveur, un compagnon des ateliers de décoration sur porcelaine, voire un vieux avec lequel il avait cassé la croûte dans un bistrot un midi. Il n'arrivait pas à croire que c'était sérieux, qu'il risquait sa vie, qu'on avait déjà passé par les armes des bons bougres pour moins que ça, que la justice était parfois expéditive. Mais, après tout, il n'était occupé qu'à peindre et il n'y avait absolument rien sur la toile qui pût renseigner qui que ce soit, Versaillais ou Prussiens, pour favoriser l'entrée de leurs troupes dans Paris.

Le cortège se mit en chemin ; ils passèrent devant les micocouliers et le bassin aux poissons rouges, ils longèrent le quai jusqu'au Pont-Neuf où un petit vent d'aval souleva la plume de paon du brigadier, ils tournèrent à gauche sur le quai des Orfèvres aux gros pavés ronds, avec les frondaisons d'arbres toutes neuves dans les jardins, l'échoppe au coin de la rue de Jérusalem, le bâtiment de la préfecture de police.

On le remit entre les mains d'une sentinelle. Quelques fédérés et la cantinière l'escortèrent au premier étage. Son attirail lui semblait plus lourd qu'à l'habitude et il ne fut pas mécontent de le poser.

Ils attendirent dans un long couloir assez sombre qu'un officiel s'intéressât à eux. Une vingtaine de personnes en uniforme ou en civil s'empressaient ou lambinaient dans le secteur. Un zouave pontifical en turban de coton blanc faisait les cent pas. Quelques musiciens désœuvrés trônaient à côté de leurs cuivres. Par la porte entrouverte d'un bureau, on entendait des conciliabules et, soudain, une voix impérieuse retentit. Auguste la reconnut aussitôt. Raoul Rigault. Il demanda à lui parler mais il s'attira des railleries. Son garde lui dit qu'un suspect n'était pas autorisé à solliciter le chef de la police. Auguste fit semblant de ne pas être surpris par cette promotion spectaculaire et il fit savoir qu'il le connaissait. La précision suscita des doutes, d'autres railleries, et la vieille le houspilla derechef. Avisant un tas d'affichettes posées sur un guéridon, Auguste eut une idée. Il prit dans sa boîte à couleurs un crayon et il écrivit sur le dos d'une de ces affichettes : "Vous souvenez-vous de Marlotte ?" Son garde alla frapper à la porte du bureau d'où provenaient les voix, prudence oblige.

Raoul apparut dans l'embrasure, l'affichette à la main. Il écarquilla les yeux, il avança vers le banc des prévenus et ouvrit les bras dans un geste théâtral. Il donna une accolade à Auguste puis il expliqua à tout le monde comment ils s'étaient rencontrés. Se tournant vers les clairons de la fanfare affectée à la rue de Jérusalem pour accompagner les basses œuvres, il commanda une "Marseillaise" en l'honneur du citoyen Renoir. La cantinière reprit le refrain. En son for intérieur, Auguste sourit, se dit qu'il aurait une bonne histoire à raconter à ses amis et à ses parents. Il songea – peut-être – qu'il l'avait échappé belle.

Les flonflons suspendus, Rigault s'excusa de devoir s'éclipser. Il était débordé. Mais ils se reverraient. Le lendemain, jeudi, à la même heure, à moins d'un empêchement puisque rien n'était vraiment prévisible. Visiblement, l'accolade devenait une manie. Auguste le trouvait changé : il avait grossi, il était habillé avec recherche, la barbe soigneusement taillée, le gilet boutonné, le lorgnon dans un gousset, la croûte de cuir de ses chaussures vernies, le talon rehaussé, pas plus grand mais vieilli, plus volubile aussi ; et, surtout, comme s'il était à sa place.

2

Raoul portait aussi une lavallière rouge corail dont le nœud était flottant. C'est ce que remarqua tout de suite Auguste, qui ne l'avait jamais vu que débraillé et qui avait utilisé un tube de terre de Sienne brûlée pour la lavallière de son père.

Ils s'étaient retrouvés non pas le jeudi, comme prévu, à cause d'une réunion impromptue pour les élections municipales, mais le lendemain, bien que Raoul fût submergé par les attributions à la préfecture de police qu'il s'était octroyées. Après une limonade au mastroquet à l'angle du Jardin des Plantes, ils avaient grimpé la butte jusqu'à la gloriette. Sous la coupole en fer du kiosque, il suffisait de lever la tête et de faire le tour pour déchiffrer sous la corniche l'inscription “HORAS NON NUMERO NISI SERENAS” – à savoir : je ne compte que les heures heureuses. Auguste n'imaginait pas déroger à cette règle qui devait beaucoup, il est vrai, à son tempérament. Raoul voyait plus loin et de plus haut. Il escomptait l'apothéose du bonheur collectif.

Sa tabatière entre les mains, il reprit le cours de l'histoire là où ils s'étaient quittés au retour de Marlotte, sur le quai de la gare.

La clandestinité s'était prolongée tout l'été ; tandis que la police le traquait dans les faubourgs, il avait trouvé refuge chez les parents d'un condisciple du lycée, à deux pas du château de Versailles, un comble. Il avait tué le temps à lire les nouvelles du front et des ministères dans les journaux, à potasser les thèses du socialisme et les articles du droit civil, à rêvasser sur un roman dans la tiédeur du soir. À la fin du mois d'août, heureusement, la sœur de son ami revint de la mer où elle prenait les eaux et elle lui dispensa quelques béatitudes folichonnes. Malgré ces moments de griserie, il lui semblait vivoter dans une cage. La guerre ne lui disait rien de bon. Mais la chute de l'Empire lui rendit sa liberté.

Toutefois, il avait raté cette journée du 4 septembre, la déchéance de l'Empire à laquelle il s'était voué corps et âme, l'enthousiasme et le tumulte qui avaient présidé à la proclamation de la République. Le guignon voulait qu'il ne fût pas dans l'escadron des jeunes blanquistes qui avaient envahi la salle des séances pour y faire retentir la volonté du peuple ni avec la foule "dans ses jours de splendeur" entre le Palais-Bourbon et l'Hôtel de Ville – et il en restait désappointé. En ce dimanche ensoleillé, quand enfin la rumeur de l'événement lui était parvenue dans son abri de Versailles, il avait sauté dans un omnibus, mais il n'était arrivé sur place qu'en toute fin d'après-midi, quand le gros de l'effervescence était retombé. La nuit avait été courte, à écouter ses camarades raconter comment ils avaient entraîné les manifestants dans l'enceinte parlementaire et comment ils avaient obtenu qu'on proclamât la République. Les discussions étaient allées déjà bon train pour savoir s'il eût mieux valu la proclamer ici plutôt que là, mais la question, franchement, passait un peu au-dessus de la tête d'Auguste, qui scrutait les feuilles d'acanthe en bronze sur les colonnes de la gloriette.

Dès le lendemain, aux aurores, Raoul faisait le tour des prisons pour libérer ses acolytes aux arrêts depuis des mois. Mais il était surtout à l'affût des attributs du pouvoir concentré rue de Jérusalem. De son propre chef, il s'était assis dans le fauteuil du patron de la Sûreté impériale, la police politique, prenant possession des bureaux où il espérait mettre la main sur les archives qui n'auraient pas été détruites et d'où il surveillerait les ennemis du nouveau régime. Le préfet de police nommé dans la matinée par le gouvernement provisoire s'était offusqué devant le fait accompli mais il avait reçu pour instruction de s'incliner. Ses sarcasmes pourfendant ce blanc-bec et une mascarade furent la première pièce versée au dossier constitué illico par Raoul sur son rival. Cependant, les républicains modérés voulaient déjà le révoquer parce qu'il les inquiétait et les républicains radicaux voulaient supprimer sa fonction puisque police et révolution leur semblaient inconciliables.

Rien ne s'était passé comme il avait pu l'imaginer. Mais rien ne se passe jamais comme on l'imagine. Les ruses de l'Histoire sont infinies. La meilleure preuve en était la nomination de Rigault père comme conseiller à la préfecture de la Seine. Et qui aurait cru, avant la déclaration de guerre contre la Prusse, que Renoir enfilerait le pantalon garance et le gilet vert à brandebourgs noirs des chasseurs à cheval ?

La guerre, ils ne l'avaient vue, l'un et l'autre, que de loin. Rigault stigmatisait les défaites militaires et le siège de la capitale. Les rumeurs d'espionnage ne dataient pas d'hier. Les catacombes avaient été murées, les égouts surveillés parce qu'on y avait entendu des voix à l'accent guttural, les signaux lumineux décryptés. Aux peurs et aux bobards se mêlait parfois une anecdote véridique qui les nourrissait.

Vers la fin du mois d'octobre, le maréchal Bazaine s'était rendu aux Prussiens sans combattre. La nouvelle de la trahison provoqua la colère du peuple parisien et des troubles que les blanquistes tentèrent de transformer en insurrection. Raoul était aux manettes à la préfecture. Mais le soulèvement avait échoué à cause des tergiversations des insurgés et des ruses du gouvernement provisoire. Malgré la déconfiture, il avait su se maintenir dans son poste quelques jours, avant d'être viré comme un malappris. Il ne partit pas les mains vides, emportant les dossiers qu'il avait constitués pendant deux mois en dépouillant les archives ; chaque jour jusqu'à la Noël, il distilla dans son journal des révélations qui grillaient les agents de la police impériale récupérés par la police républicaine et il fit trembler les manitous qui devinaient qu'il détenait aussi des secrets compromettants sur leur vie privée ou sur quelques affaires louches. Auguste tenta, sans succès, d'en savoir davantage.

À ses commencements, le siège présentait un aspect drolatique, voire cocasse, avec les gilets et les caleçons qui séchaient sur des perches aux fenêtres de ce grand bazar du château des Tuileries, les légumes vendus à la sauvette à même le trottoir à côté de la graisse de cheval et des tranches de coco, les marrons glacés remplacés par les crêpes. Longtemps, les obus suscitèrent une étrange curiosité : on prenait le coche d'eau pour aller entendre la canonnade, sentir la poudre si le vent venait du bon côté, voir au loin la pluie de projectiles sur les forts de la petite couronne, comme au spectacle. Un soir, Raoul avait sacrifié à la mode.

Les maladies et le risque d'épidémie gâtèrent le tableau. Malgré une campagne de vaccination contre la typhoïde et la variole engagée dans les hôpitaux puis dans les mairies pour soulager les hôpitaux, on avait dénombré plus de cinquante mille morts en quatre mois. Phtisies, pleurésies, pneumonies, bronchites, catarrhes pulmonaires, les statistiques prouvaient que les miséreux et les affaiblis partaient de la caisse les premiers. Dans les cimetières, les fossoyeurs creusaient des fosses et les corbillards défilaient à la queue leu leu. À cause de la réquisition des chevaux pour les abattoirs, les pompes funèbres manquaient de voitures de deuil. On dut procéder aux enterrements la nuit “sans appareil et dans le secret”, comme le stipule à l'endroit des condamnés à mort l'article 14 du Code pénal, et on fut à nouveau obligé d'ensevelir les morts au milieu des vivants. Raoul avait participé aux funérailles civiles d'un franc-tireur balayé par un boulet prussien auquel ses frères d'armes voulaient offrir une sépulture où on pourrait, le temps venu, lui porter des fleurs fraîches. Il s'était ensuivi une échauffourée avec les gardiens et le conservateur, averti de ce qui lui pendait au nez : "Si vous avez le malheur de déterrer notre ami, nous vous tuerons et nous brûlerons votre cambuse."

L'ombre gagnait le kiosque. Il était temps de redescendre le labyrinthe et de se diriger vers la gare, où Raoul devait récupérer des bordereaux. Auguste ralentit le pas devant les serres tropicales pour observer les reflets violets des verrières, qui l'intriguaient. Ils longèrent ensuite l'allée de marronniers où on avait installé les baraques en bois de l'hôpital de campagne, où les brocs d'eau avaient gelé pendant ces trente jours à douze degrés Celsius en dessous de zéro. Pour se procurer du bois, on dépiéçait à la hache les wagons du chemin de fer remisés sur des voies de garage. Les établissements de bains et les blanchisseries avaient fermé.

Les plus pauvres en furent réduits à un croûton de pain trempé dans les eaux de cuisine et les plus chanceux avaient mangé du chien, du chat, achetés au prix fort en boucherie, sinon des variétés de rats à tous les tarifs sur le marché. Une sarbacane suffisait pour tirer les moineaux dans les parcs. Quant au repas de Noël proposé par le Café Voisin, grâce au débitage des animaux du Jardin d'Acclimatation, il faisait encore jaser. Raoul et Auguste rivalisèrent à qui recomposerait le plus vite le détail du menu,

Raoul frappé par la tête d'âne farcie, le consommé d'éléphant et le civet de kangourou, Auguste par le chameau rôti, la terrine d'antilope aux truffes et les côtes d'ours sauce poivrade, le tout arrosé d'un Mouton-Rothschild du bon vieux temps d'avant 48 accompagné d'un Grand Porto d'un temps encore meilleur, 1827, quand Charles X accueillait avec des pétales de roses la girafe offerte par le pacha d'Égypte, vêtue d'un ciré imperméable de taffetas frappé de fleurs de lys pour la protéger de la pluie.

Raoul considérait que toutes ces misères et toutes ces épreuves, "ces désespérances", ainsi que ce contraste avec l'insolence du luxe, avaient favorisé l'éclosion de la Commune. Auguste voulait bien le croire et il éprouvait un haut-le-cœur devant l'indécence de ce tralala. Pour autant, il espérait que la révolution en cours le laisserait peindre les bords de rivière qu'il avait envie de peindre et les portraits de dames qui lui payaient ses extras.

Avant la nuit, les deux hommes franchirent les grilles du jardin. Raoul accéléra son récit. Le 22 janvier tombait un dimanche. Une pluie perçante avait succédé au crachin des jours précédents, une boue jaune recouvrait la chaussée, le cuir des chaussures restait trempé, l'atmosphère était lourde, sombre malgré les oriflammes des étendards pour soutenir la manifestation de défiance à l'encontre du gouvernement de la Défense nationale, qui ne défendait plus rien sinon l'ordre social existant et qui s'apprêtait en catimini à signer l'armistice. Bref, les gardes mobiles avaient reçu l'ordre de tirer sur la foule, sur le 146e bataillon de Sapia, un partageux que ses adversaires dénigraient en le présentant comme “un demi-dément”, fracassé par une balle dans la tête. Le sang avait éclaboussé Rigault, son gilet, son visage, ses mains. Auguste fut frappé par une altération de sa voix. Pour la première fois, elle tremblait.

Deux mois plus tard, la déflagration de la Commune avait donc salué la mémoire de Sapia à défaut de le venger. La voix avait déjà retrouvé les accents d’une abstraite fureur.

3

Est-ce que le spectre de la Commune hantait la bourgeoisie ? Auguste doutait du bon sens de pareille question, qui le turlupinait peu malgré le risque de pénurie chez les marchands de couleurs. Raoul, lui, ne doutait pas et cette perspective l'obsédait.

Un gamin d'à peine vingt ans l'attendait devant la gare. Imberbe, pâle, les narines fraîches, la mise coquette, un haut-de-forme censé le vieillir, il lui tendit une mince chemise cartonnée sur laquelle on apercevait la mention “comité de surveillance”, portée au crayon rouge de menuisier. Raoul ne s'embarrassa pas de présentations mais Auguste saisit que Gaston Da Costa travaillait rue de Jérusalem.

Les trois hommes s'engouffrèrent à l'intérieur de la gare ; le toit en métal et en verre de la halle dispensait les lumières du crépuscule soutenues par des réverbères, l'activité se limitait à un dernier atelier de fabrication des ballons à gaz. Auguste appréciait les volumes et les lueurs, mais il ne lui serait pas venu l'idée de poser son chevalet au milieu de pareil hangar, et encore moins d'en faire une série. Raoul interrogea des galonnés sur les fournitures en pigeons voyageurs et mandata Gaston pour une inspection de la trentaine d'aérostats rapatriés la veille de province et entreposés dans les locaux de l'administration des Postes, quai de Grenelle.

Si le buffet était ouvert, ils y dîneraient sur le pouce, un potage et une volaille froide. Auguste n'était pas pressé. Et il avait cru comprendre que Raoul lui délivrerait un laissez-passer dûment tamponné. En attendant, c'était à son tour d'entreprendre le récit de ce qui lui était arrivé depuis leur retour de Marlotte.

La chose était simple : il fallait de quoi vivre, il fallait de quoi se chausser – très important, les pieds –, et après quantité de ressemelages de fortune le bottier l'avait exhorté à acheter une paire de bottines neuves ; pour les payer, il s'était lancé dans le portrait de son épouse, mais elle se trouvait le nez trop long ou le cou engoncé, et quand il lui avait refait “le nez de madame Pompadour” et le cou d'une Vénus Renaissance il devait encore retoucher le coin des yeux ou de la bouche. Par ailleurs, il avait multiplié les séances sur le motif et il jugeait, décidément, que le paysage, c'était un sport. La guerre en serait un autre.

En août, le bureau de recrutement aux Invalides le déclara bon pour le service. Dans la cour, il croisa le prince Bibesco, promu officier d'ordonnance d'un général. Trois ans auparavant, il avait honoré une commande du prince pour les plafonds du grand salon et de la salle d'armes de son hôtel particulier du boulevard de La Tour-Maubourg ; il avait fignolé quelques scènes de fantaisie rococo et il s'était offert des sucreries et des tubes de peinture avec ce pactole. Le prince lui proposa de le suivre à l'état-major des régiments de chasseurs où il pourrait tenir le rang de peintre de batailles, non merci, badiner avec des jeunes filles aux cheveux blonds et siroter des bières brunes au bord d'un lac de l'autre côté du Rhin, non merci. Pour autant, il ne voulut pas se défiler, surtout pas, se réfugier derrière le prétexte de la peinture pour ne pas combattre et laisser un autre se faire tuer à sa place, pas question. Il s'en remit au sort ; ce fut un régiment de cuirassiers, et ce fut à Libourne, affecté à un dépôt de remonte parce qu'il fallait suppléer l'administration des haras et fournir à la cavalerie les meilleurs chevaux.

Renoir avertit son capitaine qu'il ne savait pas monter, il n'aurait pas pu donner le change. Le capitaine Bernier était un excellent cavalier qui aimait les bêtes et se navrait qu'elles fussent vouées au carnage. Sa toute jeune fille désirait prendre quelques leçons de peinture. Elle était douée ; Auguste lui prodiguait des conseils, elle apprenait vite, persuadée qu'il fallait dédaigner la manière académique. À douze ans déjà elle voulait brûler, oui, brûler les tableaux du plus célèbre peintre de la cour impériale, dont les robes de gaze étaient aussi apprêtées qu'empesées. Et tandis qu'elle étudiait la distribution des pivoines dans un vase il faisait son portrait, et il dit à Raoul ce que Raoul ne pouvait pas bien comprendre, que la peau de son dos “repoussait la lumière”.

En échange, le capitaine lui apprit à monter. Auguste avait de bonnes cuisses. Très vite, il s'y montra adroit et bon cavalier, à l'aise sur des montures fougueuses sensibles à la liberté qu'il leur laissait de sorte qu'il pût les guider à sa guise. Un jour, chevauchant dans la lande, il avait eu l'intuition qu'on peint comme on tient les rênes d'un cheval, une main souple, l'autre ferme, et qu'il faut alterner les moments où on tire les rênes et ceux où on les relâche. Un autre jour, un cuirassier alléguant que les chevaux blancs et noirs n'étaient pas tout blancs ou tout noirs mais gris clair et bai brun car leur robe était mélangée, il avait repensé à Narcisse Diaz qui l'avait dissuadé de l'usage du noir bitumeux.

Auguste passa ainsi l'automne dans le Bassin aquitain, où les cieux sont plus doux et le fond de l'air moins froid. Malgré la sollicitude de la famille Bernier et l'amitié des chevaux, il sombra dans un ennui mortel qui le surprit d'autant plus qu'il n'en avait jamais ressenti la morsure et il succomba à un féroce “emmerdement” s'il faut appeler les choses par leur nom. Il perdit l'appétit et le sommeil, contracta une dysenterie carabinée. Dans son cantonnement, les cuirassiers calanchaient en quarante-huit heures. Il s'en était fallu de peu qu'il ne claquât.

Consultant à la dérobée les bordereaux classés dans la chemise cartonnée, Raoul prêtait une oreille distraite aux équidés et aux vicissitudes de la vie militaire. Ses brèves études de médecine lui ayant procuré des idées arrêtées sur les vertus curatives des alcools forts, il commanda deux verres d'eau-de-vie et il trinqua à la santé de l'humanité triomphante avant d'écouter la suite de l'histoire.

Au début de l'hiver, quand le capitaine Bernier reçut sa mutation à Tarbes, Renoir se laissa à nouveau porter comme le bouchon. Il le suivit. Naguère il avait connu les honneurs d'une citation dans un article du *Mémorial des Pyrénées*, une feuille de chou remise en vogue par l'essor des établissements thermaux, des pages consacrées à l'essor industriel, aux annonces et à l'actualité artistique sinon aux arts. Une exposition à la Société des Amis des Arts, à Pau, avait suscité des commentaires qui surent distinguer chez ce novice de vingt-cinq ans "un artiste qui a de l'avenir". La destinée l'avait ramené au pied des Pyrénées, au dépôt de remonte, où il découvrit les chevaux tarbais, ces navarrins qui ressemblent aux andalous et qui ont une goutte de sang arabe, des chevaux de selle légers pour un cavalier léger lui-même, une parenthèse d'allégresse au cœur de cette guerre franco-prussienne désastreuse, une vie de cocagne dans la demeure des Bernier. Avant de les quitter, il entreprit leurs portraits. Il n'avait jamais peint un soldat et il soigna les boutons et les passementeries, les médailles, songeant aux reflets de cuirasse des autres siècles, mais à sa manière à lui, avec un fond vaporeux. Quant à la femme du capitaine, elle ressemblait à tous ses modèles.

Démobilisé six semaines après l'armistice, il n'avait pas traîné en route et il était arrivé à Paris le jour même où éclatait la Commune, dans l'après-midi du 18 mars, alors que les gardes nationaux marchaient sur le sixième arrondissement. De la fenêtre de sa chambre, il avait assisté à quelques assauts armés dont il ne saisissait pas la logique. Raoul avait une vue plus élevée des choses mais il reconnaissait à la Commune un côté étrange qui tenait à la façon dont elle était advenue, sans que les socialistes de tout poil l'eussent déclenchée ni prévue, il fallait bien l'admettre. Depuis une semaine, tout se précipitait de façon assez imprévisible. Mais, à brûle-pourpoint, comment raconter cet enchaînement d'aléas à un ami visiblement dépassé par les événements ?

Cette même semaine, Auguste était donc passé embrasser ses parents à Louveciennes et il avait repris ses pinceaux. Il avait peint le portrait d'une dame qui ne demandait aucune correction ni repentir et qui l'avait payé le prix fixé sans marchander, et il était retourné sur le motif, dans la campagne, puis à la terrasse du Bord de l'eau, comme si, malgré les événements et les malheurs, rien n'avait changé.

La plus grande tristesse lui était venue de la mort de Bazille, l'ami dont Raoul avait porté la blouse à Marlotte. Auguste l'avait apprise avec deux mois de retard et ce délai la lui rendait encore moins supportable. Frédéric s'était engagé dans le 3e régiment de zouaves, en première ligne, sergent-major, lui qui avait interrompu ses études de médecine pour embrasser la peinture ; son meilleur ami avec Monet qui, lui, avait préféré la campagne puis l'exil à la guerre. Fauché par un tir d'artillerie au ventre en montant à l'attaque sur un chemin boueux vers le cimetière d'un village tenu par les uhlans, c'en était fini à même pas trente ans – il les aurait eus huit jours plus tard. Le père Bazille était venu de Montpellier avec la bénédiction de son épouse pour tenter de retrouver leur fils dont ils étaient sans nouvelles, pour voir de ses yeux voir qu'il était mort. Il l'avait retrouvé dans une fosse creusée à la hâte, grâce au vicaire qui se rappelait avoir béni quinze jours auparavant un jeune zouave de près de deux mètres. Le corps n'empestait pas et le père avait redescendu le fils à Montpellier dans une caisse bricolée avec des planches de boîtes à biscuits. Pour remercier le vicaire, le père fit don au village d'un tableau de son fils, une copie brillante d'un chef-d'œuvre vénitien, *Le Mariage mystique de sainte Catherine*, mais, malgré l'éclat des étoffes, il ne valait pas *La Robe rose* peinte sur la terrasse de la maison familiale l'été de ses vingt-trois ans.

La tristesse de Renoir s'atténuait vaguement quand il se rappelait le jour de fête où il avait représenté Bazille assis sur une chaise dans son atelier, ses longues jambes repliées devant le chevalet, appliqué à peindre un héron comme une espèce d'autoportrait – prémonitoire – et c'est vrai que Bazille ressemblait un peu à un héron. Le héron avait les ailes déployées, ce qui est une façon de parler car il était mort, pendu par les pattes, le cou posé sur un linge. À part le trait de couleur rouge du lacet de l'espadrille, la toile allait toute dans les gris et les beiges, ce qui lui avait valu un éloge de

Manet. Mais une pointe d'amertume s'y était mêlée car, au compliment, il avait ajouté que c'était – de loin – la meilleure.

Le potage et la volaille froide étaient avalés, les petits verres et les cafés aussi. Auguste n'eut pas besoin de solliciter le laissez-passer. Raoul n'avait pas oublié sa promesse et il lui remit le sésame où il était notifié “aide et assistance au citoyen Renoir” en toutes lettres et en toute circonstance.

La nuit galopait. Les élections municipales approchaient. On trouverait le temps de se revoir après.

4

Casquette vissée sur la caboche, un marchand d'herbe au visage enfantin arpentait le boulevard. Tous les vingt mètres, il criait : "Voilà du mouron pour les p'tits oiseaux !" et il œuvrait de concert avec un loupiot qui vendait des ombrelles pour attraper les mouches. Quand ils apercevaient un équipage luxueux, ils se mettaient à fredonner la chanson "La canaille" et, quand ils le croisaient, ils entonnaient bien fort le refrain "C'est la canaille ! Eh bien j'en suis", imaginant retourner contre les rupins le mépris que les rentiers affichaient pour le peuple. Leur manège distrayait Renoir, assis sur un banc, traçant quelques coups de crayon sur un bout de papier. Par ce billet, Rigault lui avait donné rendez-vous devant le Cirque d'Hiver. Il l'avait trouvé à son réveil, glissé sous la porte de son logis – à la réflexion, ce n'était pas si étonnant que le délégué à l'ex-préfecture connût son adresse.

Au bout d'une heure, sa patience se lassa. Regarder le monde, ça va un temps. Regarder les soldats fédérés, les camelots, les femmes en tablier et les femmes en escarpins, les fiacres, les cochers, les bourgeois, la lumière s'amenuiser dans les arbres, les fanions aux fenêtres, la vie somme toute tranquille d'une ville en pleine ébullition. Qu'est-ce qui l'attachait à ce garçon ? Peu de liens et, en tout cas, pas la peinture, à laquelle l'autre ne comprenait pas grand-chose malgré son engouement pour Courbet. Toutefois, le souvenir du chemin aux merles, demeurait vif. Les parties de billard et les glorias aussi, sans oublier le laissez-passer qu'il lui avait procuré. Presque deux semaines que le hasard de son arrestation sur la terrasse du Bord de l'eau les avait réunis. En ce jeudi de semaine sainte, on entendait moins le carillon des cloches que l'écho atténué des bombardements au couchant.

Le soir ne tarderait plus à envelopper le boulevard du Temple, surnommé "boulevard du Crime" en raison de tous les mélodrames qui se jouaient dans les théâtres alentour. Auguste s'était naguère diverti dans l'univers des acrobates, des illusionnistes et des écuyères en tutu. Par bienveillance, le directeur du Cirque lui avait passé commande d'un tableau mais il avait négligé de le payer. Auguste l'avait donc gardé, un grand châssis, tout en marron et beige, remisé dans la maison de ses parents. C'était un clown blanc, un navré, contraint de faire rire même quand il avait le cœur gros, les mouches sur le fard céruse, un bâton de rouge sur les lèvres pincées, huit papillons sur son costume de scène orangé, son violon dans une main, l'archet dans l'autre, saluant un public compassé dans les loges. Le compère du clown blanc, l'auguste, n'existait pas encore ; il apparaîtrait la même année que l'impressionnisme, avec son nez rouge et ses souliers géants, amoureux transi de l'écuyère, perdant magnifique.

Rigault arriva sans s'excuser, essoufflé, il n'arrêtait pas de courir. Renoir remarqua les taches de sueur sur son col de chemise amidonné, qui lui sembla incongru. Il lui glissa que l'Histoire avait bon dos et il pensa, par-devers lui, que son rôle à la préfecture l'amenait à se pousser du col. Rigault essuya son lorgnon et se lança dans un plaidoyer pro domo.

Lui qui était un prosélyte, qui adorait par-dessus tout convaincre, il voulut le persuader du bien-fondé de la cause. Au lieu de fourbir des idées générales, il mit l'accent sur son travail de titan rue de Jérusalem. Sous l'Empire, la préfecture comptait des milliers d'agents et d'indicateurs ; il fallait donc déjouer cette ancienne police infiltrée jusque dans les rangs communards, et quelques mouchards figuraient dans sa ligne de mire ; il fallait aussi créer de toutes pièces une nouvelle police, susceptible à la fois d'assurer la sécurité des citoyens et d'obtenir des renseignements ; et tout ça, bien sûr, sans troupes ni moyens. Autour de lui, un petit groupe gravitait, tout jeunes la plupart, aguerris dans les rangs blanquistes. Les vieux n'avaient pas quarante ans. Parmi eux, Adrien Regnard, interne des hôpitaux et médecin légiste, était le secrétaire général de la préfecture et il avait belle allure, un colosse doté d'une tignasse de lion et d'une moustache de mousquetaire, fin lettré, féru de concerts et d'opéras, soucieux d'une assistance publique pour les démunis. Une brigade à part était chargée de dépouiller les archives. Dans un dossier à la lettre R, il avait pu lire la fiche rédigée à son nom : “une agitation incessante, des saillies imprévisibles non moins qu’obscènes sur Dieu, les bourgeois et la morale, la manie de tenir des conciliabules chez les marchands de vin entre quelques étudiants qui avaient cessé d’étudier et des travailleurs qui n’avaient jamais travaillé”. Il en riait, mais son rire sonnait faux. Il tint encore à raconter comment il avait recruté son chef de cabinet, un camarade arrêté par erreur, conduit rue de Jérusalem, qu’il avait aussitôt installé dans un bureau sans lui laisser le temps ni la possibilité de décliner la promotion.

La police l’excitait davantage que la politique. Aux élections municipales, il s’était pourtant porté candidat, pas au Quartier latin mais dans un arrondissement bourgeois, par provocation et goût du risque. Il avait été élu, il était le plus jeune de l’assemblée, il n’avait pas aimé la prudence des vieilles barbes, il avait encore moins aimé qu’on voulût l’invalider parce que le nombre de votants était faible, mais il se félicitait que la moitié des conseillers fussent des ouvriers et la formidable divergence des points de vue ne l’effrayait pas.

Voilà donc à quoi ressemblaient ses journées : le matin, tôt, expédition des affaires courantes en suspens puis réunion de travail de l’état-major à la préfecture de police, déjeuner en commun au milieu des dossiers ; l’après-midi, il filait à l’Hôtel de Ville pour les réunions de la Commune, puis il revenait signer des papiers et faire le point sur l’avancée des dossiers avant de recevoir ses informateurs et de discuter de la situation avec ses amis blanquistes ; le soir, en général séance à la Commune, sinon sortie au théâtre, et, quoi qu'il arrive, souper entre amis.

En comparaison, les journées d'Auguste étaient tranquilles et d'une parfaite monotonie. Le matin, il peignait, l'après-midi, il peignait. Le soir, sans état-major, ses amis disséminés, il flânait sur les Boulevards, souvent seul.

Ce soir, Raoul l'invitait aux Délassements-Comiques, où paraissait sa maîtresse, la petite Martin, chanteuse dans l'opérette *Les Contes de fées*, en quatre actes et douze tableaux. Le premier acte était déjà bien avancé et confirmait la réclame, qui se flattait d'offrir au public “un essaim de jolies femmes”. Quelques figurants privilégiés montaient sur scène au débotté dans leur uniforme de la Garde nationale. Raoul, Auguste et le docteur Regnard prirent place dans la loge impériale et s'abandonnèrent à la féérie. Avant la fin du douzième tableau, ils se rendirent dans les loges des actrices. Auguste ne se fit pas prier : il était toujours ému par une poitrine, pas seulement sur les tableaux de maîtres ou dans les livres d'art. Il oserait bientôt, en tout petit format, une femme demi-nue couchée ; puis, dans un format plus grand mais toujours modeste, une femme dans une loge, justement ; enfin, sans fard, un torse avec un effet de soleil. Les baigneuses suivraient.

À la sortie du théâtre, le docteur lui présenta une toute jeune femme. Élisabeth Dmitrieff. Son signalement par les services de police était soigné : “1 mètre 66 ; cheveux et sourcils châtains ;

front légèrement découvert ; yeux gris-bleu ; nez bien fait ; bouche moyenne ; menton rond ; visage plein, teint légèrement pâle ; démarche vive, habituellement vêtue de noir et toujours de mise élégante." Renoir observa ses mains, qu'elle croisait sur le velours de sa robe, des mains qui n'appartenaient ni à une couturière ni à une matelassière. Élise avait deux dadas : l'organisation du travail en coopératives et l'organisation des femmes pour leurs droits, à commencer par l'instruction et le droit de vote si on voulait un suffrage vraiment universel. Auguste ne lui aurait pas donné plus de vingt-cinq ans, elle en avait moins de vingt. Non seulement sa démarche était vive, mais son intelligence aiguë. Activiste, elle en remontrait à Rigault, et elle se moqua d'Auguste quand il lui demanda si, par hasard, elle n'avait pas connu son frère – Victor Renoir – qui faisait le tailleur à Saint-Pétersbourg et qui habitait une grande maison vert pistache. Elle lui répondit que Saint-Pétersbourg était une grande ville, avec beaucoup de maisons à la façade vert pistache et aussi des maisons à la façade rouge framboise, qu'elle s'y était mariée, un mariage blanc, avec un vieux colonel qui lui avait abandonné la moitié de sa fortune, qu'elle consacrait à la révolution, et qu'elle avait rencontré Marx dans sa maison de Hampstead. Lui, à Londres, il ne connaissait que Monet, qui avait foutu le camp là-bas.

En chemin, ils passèrent devant un placard porteur d'un arrêté signé Raoul Rigault. L'article premier interdisait la vente des tabacs sur la voie publique, les attendus prétextaient le danger pour la santé publique à cause des produits frelatés et le manque à gagner pour les revenus de l'État. Le docteur Regnard alluma un panatella et se moqua de l'Académie de médecine qui prétendait que la fumée engourdissait les âmes et les spermatozoïdes, puisque la nicotine "c'était l'abaissement de l'homme vers l'état d'eunuque". Sur le Boulevard, des cueilleurs d'orphelins ramassaient les mégots pour reconstituer des cibiches qu'ils revendaient à plus pauvres qu'eux.

À la terrasse du café, ils évoquèrent les vaudevilles, les drames, les opéras-bouffes à l'affiche, la velléité des pisse-froid qui voulaient purger les scènes parisiennes des inepties et des pataquès en vogue sous l'Empire. Raoul ne résista pas au plaisir de mentionner ses soirées au domicile de Sarah Bernhardt, le même âge ou presque, le même caractère impulsif, un bustier en dentelle extravagant qui justifiait les alexandrins en rimes riches qu'il lui avait adressés. Il était donc chez elle avec Flourens deux semaines auparavant, elle traitait Flourens de grand fou plein de rêves et de folles utopies, et lui, Rigault, elle le traitait de petit fou plein d'audace et d'une ambition folle. Mais ce pauvre Flourens était mort deux jours plus tard, lors de cette malheureuse sortie militaire sur Versailles, le crâne fendu en deux par un gendarme qui s'était vanté de lui avoir taillé des épaulettes. Paix à son cœur et place aux vivants.

L'heure n'était pas à revenir sur les aléas de cette expédition désastreuse. Flourens n'était plus de ce monde, ni Bazille, mais le monde continuait à tourner sans eux. Il fallait bien s'y faire. Et le décret subséquent sur les otages ne réglait rien dans la mesure où il n'effrayait personne et permettait à Versailles de faire passer les communards pour un ramassis de terroristes.

La nuit s'éternisa. À vingt-cinq ou trente ans, on peut se permettre des nuits blanches. Moreau de Beauvière et sa maîtresse furent conviés à leur table. Moreau était un blanquiste singulier, l'auteur d'un vaudeville célébrant les jambes d'une danseuse de cancan en caraco de soie flottante et le propriétaire d'une fabrique de fleurs artificielles. Il pensait que le pays n'était pas prêt pour le socialisme mais il se battait à la seule force d'un cœur timide. Il n'en était pas moins le responsable du *Journal officiel* et il y publiait les décrets que Rigault s'octroyait le droit de prendre et d'insérer sans en référer à personne.

Raoul montra à Auguste une dénonciation qu'il avait reçue et qui exigeait "une razzia dans certains cafés occupés par des nuées de gandins, devisant, blaguant sur les événements de la journée, en compagnie de cocottes de bas étage", pendant que lui, le dénonciateur, soldat fédéré, il combattait les armes à la main sur les fortifications. Rigault ne donnait pas suite aux dénonciations anonymes. Il le fit savoir par un décret publié au *Journal officiel*, il le répéta ce soir-là devant la petite Martin, la Dmitrieff et un Renoir vaguement étonné d'être de la partie. Il était peut-être implacable mais il détestait l'esprit de délation.

5

Les deux moitiés du crâne de Flourens nageaient dans un bocal de formol posé sur une étagère dans la vitrine d'une salle du Muséum puis, brusquement, la tête de Sapia surgit, la cervelle flottant comme une méduse phosphorescente puis, tout aussi brusquement, un fantôme brandit une banderole où on pouvait lire : LA NACELLE DE LA RÉVOLUTION VOGUE SUR UN FLEUVE DE SANG.

Raoul se réveilla, en sueur, les membres endoloris, égaré. Il s'en voulait de ce cauchemar récurrent. Le même mauvais rêve le taraudait depuis qu'il avait mis les pieds dans l'amphithéâtre d'un hôpital le jour des funérailles solennelles de trente soldats fédérés tombés lors du fiasco de la sortie militaire sur Versailles. Les corps y étaient exposés, prêts à être mis en bière, couchés côte à côte à même le dallage, déjà rigides dans leur vêtement de gloire tout râpé et déchiré par une balle ou un coup de sabre. Raoul eût aimé que le docteur Regnard fût là plutôt qu'au secrétariat général de la préfecture et qu'il lui indiquât comment blinder son cœur. Aurait-il allumé un panatella ? Raoul ne se décidait pas à prendre une pincée de tabac dans sa boîte en bois de corozo. Il déchiffrait les cartons fixés sur la jambe droite des trente : un nom, un numéro de bataillon ; pas besoin de date de naissance pour voir que la plupart étaient jeunes. Un gamin ne devait pas avoir seize ans. Pour un tiers d'entre eux, on ne disposait pas de nom, juste d'un numéro de bataillon.

Le malaise était lent à se dissiper. Même quand la vision s'effaçait, elle demeurait latente. Les yeux rivés sur le plafond de sa chambre, Raoul se remémorait le cortège funèbre, les passants qui portaient une immortelle à la boutonnière, qui se découvraient au passage des chars, qui observaient un silence très lourd troué par quelques cris pour saluer la Commune et promettre la vengeance, les monceaux de fleurs fraîches et de couronnes sur les corbillards, la profusion des drapeaux rouges, les tambours voilés de la fanfare. Oui, début avril, on avait beau se divertir au théâtre et tirer des plans sur la comète, l'horizon s'assombrissait déjà. À ce tableau macabre, il fallait ajouter plusieurs cantinières et ambulancières raflées sur le champ de bataille et conduites manu militari à Versailles, livrées à la vindicte, tailladées à coups d'ombrelle par des dames parées de toutes les vertus qui leur crachaient au visage, poussées à coups de crosse vers les voûtes des caves de l'orangerie où elles croupiraient avant d'être condamnées. Cette semaine avait eu des allures de répétition générale.

Raoul resta un moment penché sur la cuvette en étain et vers le miroir posé contre le mur. Il se rafraîchit le visage avec l'eau froide du broc, il tapota ses joues, mâcha pendant au moins une minute une feuille de menthe pour chasser l'amertume de sa bouche en se demandant si c'était Renoir ou Courbet qui lui avait dit qu'il s'était amusé à peindre avec une brosse à dents et si c'était une boutade ou pas. Il s'essuya, il remit ses lunettes et découvrit un furoncle à la base du cou. Il haussa les épaules et prit sur la toilette un peigne et une paire de petits ciseaux pour égaliser les poils de sa barbe et il fut assez content du résultat. Sur la lancée, il se coupa les ongles et les récura soigneusement parce que la brigade des archives avait exhumé un rapport de police annexe où l'agent notifiait ses ongles crasseux. Au passage, il avait retenu le nom de l'agent et un condé était chargé en secret de retrouver sa trace. Après un dernier coup de peigne, il retourna le miroir contre le mur et il reposa le peigne sur la toilette à côté de la paire de ciseaux.

À l'estaminet au coin de la rue Gay-Lussac, il commanda deux cafés et deux petits pains en forme de croissant. Entre les deux, il consulta son agenda. La journée serait encore accaparée par la question des suspects, il n'y avait pas de pause le dimanche. En fin d'après-midi, ce serait un intermède opportun : il avait donné rendez-vous à Auguste pour une visite du Louvre, qui avait réouvert ses portes la veille.

À dix heures, Auguste entrait dans le musée. Au programme, la salle Lacaze qui abritait la collection léguée par le docteur La Caze, la salle Henri II, la salle des Sept Cheminées, vidées depuis l'entrée en guerre de toutes les toiles des grands Vénitiens et des grands Rubens, roulés comme des tapisseries et évacués à l'arsenal de Brest afin de les sauvegarder ; par précaution, on avait aussi posé les scellés sur les armoires et les cagibis où on avait planqué les gemmes et les joyaux pour les soustraire à l'avidité des coquins. Auguste commença par les Antiques. Il y manquait la Vénus de Milo et son ventre splendide ; il se consola avec d'autres marbres, des épaules, des torses, des fesses, des jupes, des coiffes, dont il fit le tour et qui le bouleversèrent. Après l'ancestrale leçon des Grecs, il s'attarda dans le département des miniatures sur porcelaine avec un œil de spécialiste. Ensuite seulement, il mit le cap sur les peintures, qui saturaient les murs de bas en haut. Entre deux écoles, il s'asseyait sur un banc et se remémorait sa *Diane sortant du bain* et sa *Bergère*, enfin, la Diane de Boucher et la Bergère de Fragonard, les deux auxquels il devait cette émotion inégalable qui l'avait empoigné et qu'il admirait parce qu'ils étaient, l'un et l'autre, “capables de ça”.

Matin et après-midi, il croisa des collègues qui – comme lui – revenaient sur les lieux de leur vocation, d'autres seulement pour se montrer, d'autres encore parce qu'ils espéraient être élus le lendemain à la Commission fédérale des artistes. Auguste reconnut Courbet, qui trônait, et il fut frappé par le contraste entre son allure de poussah et la puissance exceptionnelle de sa peinture. Le maître se dépensait sans compter ; il suggérait de blinder les fenêtres du musée pour le protéger des tirs versaillais et il insistait pour préserver les bas-reliefs du piédestal de la colonne Vendôme, qu'il ne souhaitait pas déboulonner. Il se plaignait d'avoir la tête comme une pomme cuite mais il se félicitait – en bégayant – que tout allât “sur des roulettes”. Sur les talons de Courbet, il reconnut Pilotell, renvoyé des Beaux-Arts pour cause de paresse et mis sous les verrous pour cris séditieux ; nommé à vingt-cinq ans – par quel mystère – préfet du Tarn, il s'était ensuite autoproclamé délégué pour les beaux-arts dans le palais du Luxembourg, avant d'en être délogé et installé dans le poste de commissaire de police chargé des délégations judiciaires par Rigault. Le monde est petit et assez extravagant. Renoir n'appréciait guère Pilotell, son air artiste, ses manières de fils de bourgeois, sa nonchalance à l'égard de la peinture, mais il le salua et ils parlèrent de la pluie et du beau temps.

Raoul arriva alors qu'il campait devant *Le Radeau de la Méduse*. La toile est immense, sept mètres de long sur cinq mètres de haut, il faut reculer pour mieux la voir même si les traits sont précis, approcher à nouveau pour en percevoir le détail. Raoul s'intéressait plutôt au fait divers, à son écho formidable et aux extrêmes de l'humanité. Auguste lui signala qu'il avait suivi un cours d'anatomie avec des cadavres prêtés par l'École de médecine et que les maîtres leur racontaient cette obsession chez Géricault pour la rigidité des cadavres, une telle appétence qu'il avait emporté de la morgue des bras pour étudier la décomposition des chairs et même emprunté à un asile une tête coupée qu'il conservait dans un panier. *Le Radeau de la Méduse* avait requis six mois de travail acharné. À mille lieues de tout ce trafic, Auguste était pourtant fasciné par le traitement de la chair et par le coloris. Il scrutait le tableau pour retrouver les couleurs, surtout le vermillon, imperceptible, le jaune de Naples et le bitume de Judée.

À l'heure de la fermeture du musée, l'actualité escamota la peinture. Un courrier transmit à Rigault les premières estimations des élections complémentaires : la forte abstention réduisait la légitimité de la Commune et soulignait un discrédit général. Raoul posa à Auguste des questions indiscrètes sur l'opinion des artistes à propos de la colonne Vendôme. Pour couper court, Auguste demanda des nouvelles du médecin légiste et du fabricant de fleurs artificielles rencontrés le soir des Délassements-Comiques. Ils sortirent au pas de course.

Ils marchaient sur le quai, entre le Louvre et la rue de Jérusalem, quand la question des suspects affleura. L'affaire Assi concernait encore un drôle de personnage : nommé gouverneur de l'Hôtel de Ville, il avait été relevé de ses fonctions après deux semaines pour y avoir tenu table ouverte ; on l'avait arrêté, envoyé au dépôt, puis libéré au bout de quelques jours, sans que Rigault eût son mot à dire, c'était le bordel. Raoul était partagé entre le rire et la récrimination. Les critiques à son encontre pleuvaient : des communards le tançaient en prétendant qu'il menait les arrestations en fanfare, de sorte que les prévenus avaient le temps de s'échapper, d'autres communards lui reprochaient les libertés qu'il prenait avec le droit. Les uns et les autres réclamaient son remplacement et ils avaient adopté un décret : pas de perquisition sans mandat en bonne et due forme. De plus, toute arrestation devait être notifiée au nouveau délégué à la justice, nommé ce dimanche.

Le clou de la journée serait pourtant la Vénus de Milo. Raoul en fit la surprise à Auguste. Elle reposait rue de Jérusalem. Couchée avec d'infinies précautions dans un coffrage en chêne capitonné, la statue avait été transportée de nuit avec la plus grande discrétion dans une cache fermée à double tour pendant la guerre. Raoul envoya une estafette chercher Garreau, qu'il avait nommé directeur du dépôt à la préfecture et qui était serrurier. Les trois hommes suivirent des couloirs lugubres, descendirent dans les caves, ils suivirent d'autres couloirs, ils longèrent un faux mur neuf recouvert d'un badigeon d'aspect vétuste chargé de brouiller les pistes, ils contournèrent un calorifère et s'arrêtèrent devant une porte anodine. La clé tourna dans la serrure. Garreau ouvrit la porte, s'effaça devant Rigault qui s'effaça devant Renoir. Ils étaient tous les trois devant la caisse de la Vénus de Milo et le cœur d'Auguste battait la chamade. La savoir là, dans sa boîte matelassée, même sans la voir, imaginer le chignon, le torse, les rondes-bosses, suffisait à l'émouvoir.

Après avoir raccompagné le serrurier au dépôt, ils traversèrent le pont au-dessus du petit bras de la Seine. L'eau était noire. Devant le bâtiment de la Monnaie où les ouvriers imprimaient les timbres-poste, ils se séparèrent. Chacun alla son chemin,

Renoir vers sa chambre de la rue du Dragon où il finit la soirée les pieds en éventail, Rigault vers son bureau de la rue de Jérusalem où des questions épineuses l'attendaient.

6

Louveciennes tranchait avec Paris et Versailles, la vie y paraissait douce, les vergers de poiriers alignés en quinconce, les vignes en étages sur le coteau, les ondulations de terrain exquises, le ciel tendre, l'horizon bucolique, propice aux vénus et aux bergères qu'il esquissait naguère sur les assiettes de porcelaine. La franchise du vent avivait la sensation de plein air.

Auguste marchait d'un bon pas vers la forêt. Après ces journées de tintamarre et de poudre, il aspirait à une trêve. Et quoi de mieux que retourner au paysage, à la réalité sensible de la nature ? Pour la matinée, sa planche à dessin suffirait. À l'orée du bois, il aperçut une forme étrange effondrée à l'écart du chemin. Un murmure semblait s'en échapper. Il s'approcha, et plus il approchait plus le murmure se muait en gémissement. Un homme gisait sur le sol, la jambe de travers, le front entaillé. C'était un braconnier, sa gibecière de toile rafistolée en bandoulière. À côté de lui, un lièvre agonisait. Auguste remarqua l'œil ouvert, affolé, l'iris jaune, où se profilait la fin du monde. Le braconnier ouvrit alors les yeux, qu'il avait jaunes, lui aussi, mais à cause de son foie ruiné par les vermouths. Il se lamenta aussitôt. Il lui semblait que Dieu l'avait puni bien qu'il n'eût rien fait de mal, juste poser un collet, un seul, après ce terrible hiver, pas de quoi le traîner devant un tribunal. Il l'avait posé, ce collet en laiton, là où il avait repéré des traces la veille au soir et où le lièvre passerait forcément à nouveau, il était revenu au matin sans se douter de ce qui l'attendait, mais dès qu'il avait vu l'animal, couché dans le piège, les oreilles dépliées comme s'il avait des ailes, il avait eu un mauvais pressentiment : ce lièvre était un messager de Dieu. À peine avait-il conçu ce jugement sans appel, il s'était heurté à une branche d'arbre qu'il n'avait pas vue ou, plus exactement, la branche s'était détachée de l'arbre pour venir le frapper au milieu du front, l'assommer, et après deux ou trois pas en aveugle son pied avait glissé dans un trou où il s'était sûrement cassé la cheville. Il avait dû perdre connaissance, et quand il avait recouvré ses esprits il avait vu toute une légion de lièvres qui détalaient dans le champ voisin, et il montrait à Auguste la trace, et Auguste entrevit ce chemin montant dans les hautes herbes où il éparpillerait bientôt des promeneurs. Le braconnier sortit de la poche de sa veste deux appeaux en cuivre pour perdrix dont il voulait se délester à tout prix. Le lièvre ne bougeait plus, l'œil encore ouvert mais éteint, pareil à une nature morte dans les roux-fauve. Auguste avait déjà vu des lapins ou des lièvres avec un chaudron, avec des pommes et même avec un homard, jamais sur un tapis de feuilles. Le sujet ne l'inspirait pas ; il n'était pas davantage peintre animalier que peintre historique. Il souleva le braconnier, il le soutint par l'aisselle et, sans s'occuper de ses jérémiades ni du fléau de Dieu, il le ramena ainsi jusqu'à sa maisonnette, à l'entrée du village. Cent ans plus tard, un artiste tenterait ce que ni Renoir ni personne n'aurait songé à entreprendre : une performance où, la tête couverte de miel et de poudre d'or, il montrerait au public massé derrière les vitres de la galerie et au monde entier comment expliquer les tableaux à un lièvre mort.

Après ce préambule, Auguste repartit vers la forêt, une besace sur l'épaule. Il pénétra dans le domaine des anciennes chasses royales et impériales et il ne pensait plus qu'à la lumière sur les feuilles des arbres, sous les feuilles, à la lumière dans les allées et les sous-bois, aux miroitements et aux reflets. Au carrefour de deux routes, il s'assit sur une vieille table de vénerie, posa sa planche à dessin contre le tronc incliné d'un frêne, fixa une première feuille de papier avec une pince, respira longuement et se lança. Une deuxième, une troisième feuille suivirent, il s'émerveillait qu'un simple coup de crayon fît surgir la lumière, il s'agaçait d'un geste loupé, il recommençait, complètement absorbé par ce qui se tramait entre sa feuille de papier et les frondaisons qu'il avait sous les yeux, obéissant à sa main comme si elle était la providence. Soudain, il perçut une présence dans son dos ; depuis combien de temps, il n'aurait pas su le dire. Quand il se retourna, un cerf le regardait, un grand cerf aux yeux noisette. Il lui rendit son regard, sans bouger, ils se jaugèrent et cet échange lui parut une éternité. Le cerf enfin s'en alla lentement, reculant d'abord de quelques pas, avant de bondir vers un fourré ombreux.

Rentré au milieu de l'après-midi dans la maison de ses parents, Auguste posa la besace sur la table, à côté des petits pois que sa mère écossait. Renoir père l'attendait, assis dans son fauteuil en paille, fatigué, le cheveu de plus en plus rare, un journal à la main. Il tenait à lui montrer un article qui dénonçait Rigault, un journal versaillais qui s'égosillait contre "le chevalier de la débauche et l'apôtre de l'absinthe" qui avait institué "une sorte de harem où les pachas de la préfecture choisissaient leurs compagnes de souper". Dans un autre paragraphe, le journaleux stigmatisait le manitou d'une bande de déclassés et de concupiscents malfaisants, souvent venus de l'étranger. Enfin, il l'accusait d'amasser une petite fortune en vendant sous le manteau des sauf-conduits. Auguste défendit Raoul et démentit l'article. En vain : son père s'était rangé à l'opinion reçue.

Le lendemain matin, en guise de nature morte, il troussa un bouquet de fleurs fraîches avec un éventail dans un vase. Il le montra à sa mère, qui avait aimé ses pivoines dans un pot de faïence avec les poires ; c'était rare qu'elle lui fît des compliments, parce que la grande peinture l'intimidait, et il ne lui en voulait pas, à elle, qu'elle le trouvât "joli". L'air de rien, elle lui demanda des nouvelles de Lise Tréhot, moins pour la jeune femme, qu'elle connaissait à peine, que pour ce garçon de trois ans et cette fille née à la veille de la guerre, qu'elle n'avait jamais vus. Elle avait deviné qu'Auguste en était le père, bien qu'il se fût contenté de se rendre au service de l'état civil à la mairie pour servir de témoin à leur déclaration de naissance. À défaut de les reconnaître, il avait aidé Lise à les mettre en nourrice à la campagne. Elle désapprouvait cette attitude mais elle n'avait ni l'âge de s'en occuper ni son mot à dire. Auguste fit comme s'il n'avait rien entendu et ajouta une touche de chrome dans les fleurs fraîches. Elle n'insista pas. Sur ces entrefaites, il décida de regagner Paris.

Le retour ne fut pas une sinécure. Il lui fallait éviter les zones de combat et passer entre les mailles du filet, même s'il disposait d'un laissez-passer versaillais délivré par le prince Bibesco en souvenir des fantaisies rococo de son hôtel particulier. À l'aller, il avait caché le laissez-passer communard dans un interstice assez profond entre deux pierres d'un muret, au sec, dans le village d'Issy, une rue à l'écart du fort et des escarmouches, derrière le couvent des Oiseaux, un tas de gravier en face comme point de repère. Il s'assura que la rue était déserte et il procéda à l'échange des laissez-passer. Il soupira, resta néanmoins sur ses gardes : mieux valait esquiver les contrôles tâtillons puisque la Commune venait de décréter la réquisition des réfractaires. Auguste ne se considérait pas comme un réfractaire ni comme un franc-fileur, il était juste un fils de petit artisan et un peintre opiniâtre.

Raoul lui avait donné rendez-vous dans une église transformée en club. À l'entrée, Auguste s'étonna de voir dans le bénitier du tabac de troupe affecté aux bouffardes et aux cigarettes ; comme quoi, d'après un vieux de la vieille, la guerre avait du bon. Le vieux avait fricoté en Crimée avec les soldats ottomans qui enveloppaient leur tabac dans un rouleau de papier puis au Mexique avec des femmes qui dansaient le paso-doble en fumant un cigarillo dont les feuilles avaient trempé dans du rhum. Il le conduisit auprès du citoyen Rigault. Il boitillait, il râlait par esprit de système et il exaltait la guerre sociale. Pour gagner l'abside, ils longèrent la nef, où les statues de saintes parées de tabliers et de fichus voisinaient avec un chapeau claque abandonné sur la tête d'un christ en plâtre polychrome. Le képi de travers, deux soldats fédérés cassaient la croûte et l'odeur de l'ail remplaçait les vapeurs d'encens. Auguste aperçut Raoul derrière les bouteilles et les gobelets entassés sur le marbre de l'autel, transformé en zinc. Pour une fois, il ne parlait pas, il écoutait les discussions animées qui tournaient par moments en disputes et qui déboucheraient sur des motions. Le sort des femmes devenait le sujet du jour. Auguste les contemplait : elles étaient différentes de celles qu'il connaissait, différentes des modèles et des lorettes, différentes aussi de sa mère et même de sa sœur d'un tempérament pourtant socialiste ; elles l'ébahirent, non par leur langage et leur hardiesse, car il avait fréquenté les halles, ni par leurs revendications – l'égalité des salaires et l'instruction publique des jeunes filles –, qu'il pouvait comprendre, mais par leur aspect radical quand elles applaudirent une pétroleuse qui appelait les citoyennes à cesser tout commerce avec les hommes. À la place de l'orgue, vers minuit, un clairon signifia la fin de la partie sur une "Marseillaise" entonnée à pleins poumons. Il était difficile de croire que l'église redeviendrait un lieu de culte dans la journée mais Raoul, avec une moue de dédain, lui montra le sacristain qui sortait d'un placard un balai et un plumeau. Rigault récusait Dieu. Il se flattait de bouffer du curé et donnait l'ordre en plaisantant d'aller "cueillir le ratichon". Renoir n'aurait pas parié sa chemise qu'il y eût quelque chose plutôt que rien. Mais, le cas échéant, il imaginait plutôt une espèce de puits de lumière.

Il avait pris l'habitude que la soirée continuât au café et d'y découvrir de la compagnie. Là-bas, ils retrouvèrent Cournet au beau milieu d'une partie de trictrac. Un comparse crut drôle de rappeler le décret pris par Rigault : "Considérant qu'il est immoral et contre toute justice que des hommes puissent, sur un coup de dés et sans peine, supprimer le peu de bien-être qu'apporte la solde dans l'intérieur des familles, les jeux de hasard sont formellement interdits. Tout joueur de dés, roulette, lotos, etc., sera immédiatement arrêté." Sur le même ton, Cournet lui répondit que ce jeu, malgré les dés, ne dépendait pas du hasard en raison de la multitude des combinaisons qu'il offrait. Et sur un ton moins amène il protesta contre l'attitude des communards qui voulaient abolir la mise au secret des suspects au nom des grands principes, contre cette armada d'idéalistes qui ne comprenaient pas l'obligation d'intransigeance et se tiraient une balle dans le pied. Puis il jeta à nouveau les dés et déplaça ses dames comme il l'entendait.

Pendant que Renoir prenait l'air à Louveciennes, Rigault avait donné sa démission de la préfecture. Toutefois, il avait imposé son remplaçant, Cournet, un homme de la maison, un garçon d'expérience, non seulement au trictrac mais aussi dans les prisons de l'Empire et dans divers sacerdoces. À trente-trois ans, il avait déjà démontré ses talents comme professeur d'anglais, directeur de casino, commissaire de bord sur les transatlantiques. La douceur de Cournet contrastait avec la rudesse de Rigault. Son inflexibilité se doublait d'une dose de papelardise qui la rendait moins tangible. Il ne lambina pas ; il maintint les otages au secret et les priva des adoucissements que Rigault leur avait concédés.

Rigault s'en lavait les mains. Il devenait procureur.

7

Un matin de grisaille, ils remontèrent ensemble la rue du Paradis au milieu d'une foule d'ouvriers désœuvrés à cause de la fermeture de leur usine ou de leur atelier, sur le carreau, à battre la semelle toute la journée, à s'échauffer les pieds et l'âme, excédés par une situation qui ne pouvait pas durer et dont le dénouement demeurait incertain. Auguste accompagnait Raoul au Mont-de-Piété. Ni l'un ni l'autre n'y avait eu recours – l'un avait pu compter sur Bazille, l'autre sur ses débrouillardises –, mais l'un et l'autre connaissaient des habitués. Raoul était en mission, Auguste curieux de voir "ma tante" de l'intérieur.

Après quelques palabres, la Commune venait d'autoriser les Parisiens à dégager gratuitement les objets de moins de vingt francs. C'était déjà ça, mais on disait dans les clubs que cette mesure n'empêcherait pas la misère de se perpétuer et qu'il fallait mettre en place une protection sociale pour les plus démunis. Le coût financier qui en résulterait donnait lieu à d'interminables discussions où le rêve et la réalité s'enlisaient. Mine de rien, l'échec final poignait.

Avrial attendait Rigault à l'entrée. La trentaine, costaud, cordial, franc du collier, il maîtrisait le sujet pour avoir gagé autrefois des chenets en fer forgé et pour avoir défendu des centaines de malheureux contraints de mettre au clou leur matelas ou leur paillasse, le seul bien que les huissiers n'avaient pas le droit d'emporter lors d'une saisie. Ils passèrent sous le porche de la maison mère et Avrial résuma à l'intention de Rigault les plaintes en cours contre les commissaires-priseurs qui s'étaient livrés à une usure illégale. Ils traversèrent une cour vaste, encombrée de colis, avant de longer des couloirs lugubres. Auguste marchait derrière et il s'aperçut que Raoul avait les pieds plats. Au bout d'un dédale, ils débouchèrent dans une salle sombre qui était le bureau d'engagement des objets de faible volume, des bijoux en particulier, des anneaux de mariage et des montres.

C'était donc là, sur deux bancs de bois grisâtres, que les malheureux attendaient leur tour pour vider leurs poches, face à un guichet derrière lequel officiaient en coulisse les employés. Le trafic ne cessait pas entre neuf heures le matin et quatre heures l'après-midi, Avrial l'avait observé de ses propres yeux. Raoul reprit l'antienne de l'exploitation capitaliste et Auguste se rappela la lithographie de Daumier intitulée “Pauvres moutons ah vous avez beau faire Toujours on vous tondra”. Neuf fois sur dix, le malheureux acceptait la somme proposée et s'en allait le cœur lourd. Les trois hommes passèrent de l'autre côté du guichet, dans une pièce claire distribuée autour d'une table en fer à cheval. Là œuvraient le commissaire-priseur avec sa loupe et son flacon d'acide, le commis aux écritures avec sa pile de bulletins, les deux agents boîtiers, l'un muni d'un bâton de cire et d'un bec de gaz pour fondre la cire sur la boîte, l'autre d'une aiguille et d'une pelote de gros fil. Le commis notait sur le bulletin un numéro, la date et la somme et il le passait dans la pièce voisine par une boîte à lettres. Le délégué à la caisse remettait alors la somme à l'emprunteur : moins de 15 francs sans formalité, c'était la plupart, plus de 15 francs il fallait présenter une carte d'électeur. L'objet enfin était rangé dans sa boîte, moins de 15 francs un simple fil noué, plus de 15 francs la boîte enveloppée dans du papier avec un sceau à la cire, le bulletin alors cousu sur le dessus de la boîte de sorte qu'on pût voir le numéro.

La visite continua par la division des “paquets”. Ici c'était le domaine des étoffes, des nippes qui n'auraient pas déparé chez un chiffonnier, des couvertures élimées, le royaume des livres à reliure, des violons avec ou sans archet avec ou sans étui, des chevalets et des boîtes à peinture qui rembrunirent Auguste, des outils, un rabot de menuisier, des ciseaux de tailleur, des parapluies pendus au mur comme des harengs saurs. Raoul demanda qu'on finît par le magasin. Dans les étages, ils découvrirent un “capharnaüm” immense et sombre, oint à l'eau de Javel, avec un semblant d'ordre esquissé par des allées rectilignes où des factotums avançaient une lanterne à la main entre des casiers à claire-voie pleins à craquer et “des armoires de sûreté à l'abri de l'incendie et de l'effraction", des caisses à deux clés pour les objets de valeur, à une seule clé pour les moins onéreux. Ils virent encore des pendules, des thermomètres, des baromètres, des bronzes d'art, un dentier, une jambe de bois. C'était assez pour Raoul. Avrial leur servit un petit discours de la méthode ; il leur montra les registres, les quatre couleurs, jaune ou vert ou blanc ou rose selon l'année – le registre de 1871 était jaune. Puis il affirma que toute décision devait œuvrer à "une rénovation sociale basée sur la justice et le droit, non sur l'oppression du faible par le fort". Sous cet angle, Auguste devenait favorable à la Commune.

Quatorze succursales parisiennes complétaient la maison mère et recelaient buffets en noyer et armoires normandes, baignoires à pieds de lion en fonte et ferronneries d'art, services de porcelaine et machines à coudre, tubs en étain et tutti quanti. Étant donné l'intérêt substantiel, les frais de garde et les droits du commissaire-priseur, la frontière était mince entre la piété et les abus. Le procureur Rigault en conclut qu'il arrêterait volontiers les intermédiaires qui percevaient sans sourciller leur commission et les aboyeurs qui, au bout de quinze mois, mettaient aux enchères les objets.

À la sortie, Babick les rejoignit. À cinquante ans passés, ce marchand parfumeur, élu Dieu sait comment, se pavanait en grandes bottes à l'écuyère, le torse ceint de toutes ses écharpes à glands, la poitrine barrée d'un ruban rouge à franges d'or et de toute une quincaillerie de médailles qui tintait à chaque pas, pompeux, ridicule, rendant "Grâces à ses ancêtres et à Dieu pour vivre de plus en plus heureux sur la terre comme au Ciel". Il croyait avoir son mot à dire mais personne ne l'écoutait. Tout le monde affirmait son hostilité au système des actions et Renoir se surprit à dire que, s'il devenait riche, il n'en achèterait jamais car il ne se voyait pas gagner de l'argent "sur le dos de celui qui travaille". Rigault et Avrial, en revanche, se disputèrent sur un détail qui parut sibyllin à Auguste ; il eut alors la vague intuition que les communards seraient victimes de leurs divergences et de leurs dissensions.

Une chope chez le limonadier, en vitesse, fut la bienvenue. Avrial passa la commande et Auguste s'installa le plus loin possible de Babick, qui sentait la violette. Raoul était pressé de retourner au tribunal. En tant que procureur, il rejoignait dans la légende son héros de la Révolution française, le père Duchesne, qui se disait fils de sacripant, poêlier, qui fumait la pipe et qui assumait qu'on le considérât comme un Exagéré ou un Enragé. Désormais, il aurait à créer une justice révolutionnaire comme il avait créé une police révolutionnaire. Cela dit, il devrait convaincre les communards de renoncer à leurs principes et consentir aux bienfaits de la dictature – leurs réticences le consternaient. Avrial voulait supprimer la peine de mort, il voulait même brûler la guillotine. Rigault prétendait avoir conçu les plans d'une guillotine à batterie électrique qui rendrait les plus éminents services, mais il se tut quand Renoir glissa dans la conversation qu'il avait rencontré le bourreau Sanson dans l'atelier de son père où il essayait un costume trois pièces en serge de coton. Sanson ! Oui, le petit-fils qui avait perpétué l'œuvre familiale mais qui avait dû vendre la guillotine pour échapper à des poursuites dans une histoire de mœurs.

Avant de partir, il leur montra la dernière mouture d'un décret qui ferait date et qui imposerait sa volonté à la Commune. Le tribunal révolutionnaire serait composé de cinq membres de confiance qu'il pourrait choisir, lui, Rigault, un tribunal qui se prononcerait sur la culpabilité séance tenante, ce serait oui ou non, et la seule peine prononcée serait la mort et l'article 5 préciserait qu'elle serait exécutée dans les deux heures. Avrial désapprouvait cette justice expéditive. Il le rembarra vertement. “Nous ne faisons pas de la justice, nous faisons la révolution.”

Sur ces fortes paroles, chacun retourna à ses occupations.

Puisqu'il était rive droite, Auguste passa chez Mullard, son marchand de couleurs, où il acheta quelques ocres et un pinceau. Son petit paquet sous le bras, il retraversa la Seine en sifflotant. Il logeait chez les Maître, ses amis Edmond et Rapha. Il appréciait la légèreté d'Edmond, il aimait son humour, il chérissait par-dessus tout leur souvenir commun de Bazille. Malgré son côté dandy, la raie sur le côté, une clématite à la boutonnière, les lacets bicolores de ses bottines, ses racines dans la bourgeoisie bordelaise, ils appartenaient au même monde. Edmond exerçait un emploi subalterne dans un bureau municipal de la ville et s'adonnait, en dilettante, à sa passion pour la musique.

Quand elle posait, Rapha était sérieuse. Avec tact, il avait cerné son visage dans de petits portraits d'une trentaine de centimètres et sur une grande toile. À son retour du Mont-de-Piété, il s'évertua à rendre le plus justement l'éventail japonais, la robe façon kimono, le rideau au quadrillage oblique de treille, la cage à oiseaux en rotin, les deux canaris, un sur le plancher de la cage, l'autre, à peine visible, qui se réduisait à une touche, sur un trapèze, le même jaune crème que la robe, les bouquets de fleurs sur le parquet en point de Hongrie. Pourquoi éprouva-t-il le besoin de dater, de noter le mois à côté de son nom ? On était bien en avril, bientôt en mai, il apporta un repentir à l'œil droit. Et il ne sut jamais, à part des remerciements qui relevaient du savoir-vivre, ce que Rapha en pensait vraiment.

Le soir, Rigault siégeait sous les ors des assises. Il signa un ordre pour déférer Babick devant la cour mais il eut la sensation que – depuis deux mois – tout piétinait et que tout pourtant s'accélérait.

8

Auguste s'étonna que Raoul lui proposât de le revoir si vite.

Tout démontrait qu'il était débordé, que ses activités ne se limitaient pas au périmètre du tribunal ni aux rivalités du Comité de salut public. Il avait conservé un bureau rue de Jérusalem d'où il pilotait son nouveau remplaçant à la tête de la police. Ferré était son jumeau, moins rigolard, qui aimait les écritures et les œillets, mais ne jouait pas au trictrac et maudissait le prénom de dévot, Théophile, enregistré à l'état civil.

Qu'attendait-il ? Il ne voulait quand même pas que Renoir brossât son portrait ! D'ailleurs, Carjat le lui avait tiré sur papier albuminé, contrecollé sur un carton, à la façon d'une carte de visite, un bel ovale où il affichait un air sérieux, le sourcil droit levé au-dessus des binocles, l'adresse de Carjat au verso, 10, Rue N^{tre} D^{e} de Lorette. Non, il agissait assurément par sympathie.

En chemin, il se demanda s'il se déciderait, ou non, à dire à Rigault ce qu'il présumait de l'espèce de dérive qu'il ressentait, à le mettre en garde contre ses mauvais démons. Chaque fois qu'il avait essayé, il avait dû battre en retraite aussitôt. Bizarrement, c'était le même processus qu'avec son père à Louveciennes, il se heurtait à un mur. L'un comme l'autre, Rigault et Renoir père, étaient persuadés du bien-fondé de leur pensée en tout point. Ainsi les femmes étaient-elles ou bien des citoyennes exemplaires ou bien les viragos et les harpies dénoncées par les journaux versaillais, là où Renoir fils continuait à voir des beautés aux épaules nues et à la peau incarnat.

Devant le couvent de Picpus, monsieur le procureur était entouré de sa garde prétorienne, les Vengeurs de Flourens, des gamins entre douze et seize ans, munis de fusils à tabatière et même de carabines Enfield. À leur tête, Auguste reconnut un mouleur sur porcelaine avec lequel il avait travaillé chez Lévy Frères, un ancien qui lui avait appris le métier, Joseph, ah oui, Greffier. Il était encore sous le coup de l'échec de leur intervention à la Banque de France pour obliger le gouverneur à entrouvrir les coffres-forts. Il eût fallu de l'or pour financer les mesures sociales, il en eût fallu pour acheter les complicités qui eussent permis de libérer Blanqui. On manqua à la fois d'or et de temps, et on mésestima l'intransigeance et la duplicité des Versaillais. Tandis que Rigault informait le docteur Regnard venu au titre de médecin légiste, Greffier raconta à Auguste les circonstances de la mort de Flourens, comme on la raconterait plus tard à ceux qui avaient connu et aimé cet esprit éminent, “cet exubérant devenu taciturne, comme s'il sentait les approches de l'ombre", que les gamins voulaient désormais venger. Après la débandade des colonnes de fédérés lors de la sortie militaire de début avril, il n'avait pas voulu se sauver, il était descendu de cheval, il avait marché le long de la Seine, sans répondre à son aide de camp qui tentait de le rasséréner avec des souvenirs lumineux de leurs combats de jeunesse, il s'était allongé sur un carré d'herbe humide, les yeux dans le vague, il s'était même endormi, mais l'aide de camp avait trouvé une maisonnette où ils auraient moins froid et c'était là, sur dénonciation, qu'il avait fini le crâne fendu en deux comme une pastèque.

Auguste entra dans le couvent sur les talons de Raoul et du docteur, embarrassés par les échos colportés dans les journaux. Si le couvent était un lieu de torture, ses amis ne manqueraient pas de le railler : jobard ringard, Rigault nigaud. Il voulait en avoir le cœur net. Puisque les pénitents réformés du tiers ordre de Saint-François avaient échappé aux perquisitions et aux inventaires, on allait établir la liste des biens mobiliers et immobiliers. Au fond du jardin, les visiteurs remarquèrent un pavillon délabré, où ils découvrirent trois religieuses que la mère supérieure qualifia d'"aliénées mentales", l'une exaltée, les deux autres peureuses et muettes, les trois jeunes femmes enfermées là par le bon vouloir d'une famille bien-pensante. Sous le pavillon, un fossoyeur mit au jour des ossements et à l'intérieur d'une baraque on trouva d'autres ossements dans des caisses mal fermées. Le docteur Regnard assura qu'ils ne dataient pas d'hier ni d'avant-hier, tant mieux, et les prétendus instruments de torture n'étaient que des prothèses orthopédiques. Pendant l'interrogatoire de la supérieure, Rigault ne se départit pas d'un ton acide et le docteur Regnard refusa d'éteindre son panatella. La supérieure renâcla à donner le nom et l'adresse du médecin qui couvrait l'enfermement des malheureuses sous le prétexte fallacieux d'aliénation. À force de menaces, il l'obtint et lança un mandat d'amener. Dès qu'il apprit que l'oiseau s'était envolé, il décida en représailles l'arrestation des religieuses et des pères picpuciens. À midi, une voiture cellulaire les conduisait derrière les barreaux.

Auguste ne savait toujours pas pourquoi Raoul l'avait convié à la visite du couvent quand il lui donna congé pour quelques heures et un nouveau rendez-vous en fin d'après-midi sur le parvis de Notre-Dame pour lui montrer quelque chose qui lui plairait. Ce n'était pas pour la cathédrale, ni la rosace ni les gargouilles. Ce serait donc une surprise.

Pendant ce temps-là, Rigault s'occuperait des otages détenus depuis début avril en riposte à la mort de Flourens. Suite à la nouvelle, confirmée par une estafette de l'escadron de bicyclettes, selon laquelle les Versaillais étaient déjà dans Paris et fusillaient à tour de bras, Monseigneur, le vicaire général et le curé de la Madeleine étaient transférés à la prison de la Roquette.

En partant, Raoul avait laissé entre les mains de Regnard un document que lui avait apporté un jeune commis aux écritures qu'il avait côtoyé en pension et qu'il salua cordialement, un type qui ressemblait à Verlaine avec le front cabossé et les yeux verts, un type qui était peut-être Verlaine en personne, chargé de découper et de collecter dans la presse les articles bienveillants qu'il commentait sobrement sans songer alors à faire signe aux En-allés et, encore moins, à suivre "ce chemin où prospèrent la ronce / Et l'ortie". Le document consistait en une feuille, une feuille de papier grand aigle comme pour les plans cadastraux. Elle représentait une carte de France où un géographe dilettante avait reporté des cercles plus ou moins larges autour d'un certain nombre de villes, Lyon, Grenoble, Marseille, Nîmes, Saint-Étienne, Tarbes, et Auguste revit en pensée le capitaine Bernier et sa femme, il les revit à la fois dans leur salon et sur les tableaux qu'il avait peints, il revit les chevaux de selle qu'il montait et les rubans dans les cheveux de leur fille qui voulait mettre le feu aux tableaux académiques, oui, des cercles entouraient Toulouse, Mazamet, Limoges, et là il repensa à ses racines familiales, aux galoches et aux sabots lustrés d'un vernis jaune, des cercles encore autour de Vierzon, Tours, Rouen, Le Havre, des mouvements communaux en écho à l'insurrection parisienne, des feux de paille qui s'allumaient et s'éteignaient les uns après les autres, même quand le peuple disposait de cartouches et de canons, des révoltes brisées, réduites, vaincues parce qu'elles n'étaient pas perspicaces ni coordonnées et – surtout – pas reliées les unes aux autres, suspendues au milieu d'un grand vide et sous la férule de la grande main invisible qui vaincrait.

Le type qui ressemblait à Verlaine, qui était peut-être Verlaine, disparut comme il était arrivé.

L'après-midi était étrangement douce, les fleurs de marronniers déployaient leurs pompons blanc crème sur les boulevards, quelques fédérés amassaient des pavés pour des barricades. Auguste passa d'abord chez Lise, pour la voir, lui parler de tout et de rien, pour revoir le portrait à la perruche qu'il avait laissé chez elle, la robe à volants en taffetas noir et aux poignets blancs, la perruche posée sur sa main, les doigts bien dessinés contrairement au portrait de Rapha, la perruche parfaite, l'harmonie des couleurs entre les tentures, les plantes, le guéridon, mais rien à faire, quelque chose dans cette toile le chiffonnait, un côté étouffant. La peinture respirait mal dans cet espace qui était, à vrai dire, un intérieur bourgeois. Il ne se l'expliquait pas à lui-même, pas davantage que le mystère Manet mais, somme toute, il n'avait pas besoin d'explication. Il avançait comme il lui semblait devoir avancer, sans se poser trop de questions, sans se laisser écraser par les modèles prestigieux et encore moins par la mode. Pourquoi la loi du marché lui aurait-elle dicté les formes et les couleurs auxquelles il devait se plier ? Mais avant huit heures du soir Lise devait livrer une robe dont elle n'avait pas encore cousu la ceinture et il la laissa à son ouvrage. Leur liaison se distendait.

Le parvis de Notre-Dame était désert. Raoul surgit de nulle part, devant le portail aux quatre colonnes de l'Hôtel-Dieu. Ils pénétrèrent dans l'hôpital, empruntèrent une volée d'escalier et un infirmier leur montra le corridor au bout duquel ils trouveraient Paget. “Le brave Paget” accueillit

Rigault comme un fils, c'était un vieux de la vieille qui avait encore sa carte d'étudiant en médecine, qui avait rédigé un opuscule sur l'éducation populaire et continuait à rêver du doctorat pour faire plaisir à sa mère. On l'avait nommé à la tête de l'hôpital, il était tout heureux d'avoir rebaptisé les couloirs, remplacé les noms des saints par les noms des révolutionnaires, un couloir Saint-François devenu couloir Auguste-Blanqui, un couloir Saint-Augustin devenu couloir Armand-Barbès, il y en avait pour toutes les chapelles socialistes, les noms badigeonnés en lettres capitales vermillon, il s'entendait bien avec tout le monde, les infirmières augustines, les internes en pharmacie, les balayeurs, et il fumait des cigares à un sou pour ne pas grever le budget. Tout était à l'avenant, les robes des sœurs égayées par une ceinture rouge qu'il les avait convaincues de porter et des bouquets de fleurs à la tête des lits, du lilas, du muguet, des bleuets pour cacher les crucifix qu'il avait renoncé à enlever. Auguste se régalait.

Il préféra encore la suite. Paget leur proposa une excursion inopinée. Par un escalier étroit, ils descendirent des marches glissantes. Les murs suintaient d'humidité, Auguste devinait des traces de salpêtre et des mousses verdâtres. Soudain, l'obscurité fit place à un soupirail de lumière. Sous le plein cintre d'une arcade, Paget leur fit signe de s'asseoir ; il s'installa à son tour avec une canne à pêche, une boîte à hameçons et un petit seau d'eau où quelques goujons du matin frétillaient et là, au-dessus de la Seine, dans une eau épaisse où Auguste distinguait des rats et des cataplasmes, il resta fasciné par ce bouchon qui flottait alors même que Paris commençait à brûler.

Raoul coupa court à ce moment d'euphorie. Ils remontèrent l'escalier plus vite qu'ils n'étaient descendus. Ce jour-là, ils se séparèrent sans se dire au revoir. Auguste le vit disparaître vers le Palais de justice. Sa redingote lui battait le bas du dos. Paget tenait toujours sa calotte de fourrure à la main.

9

Renoir ne revit jamais Rigault.

Il pensa souvent à lui les jours suivants. Il y pensait en passant devant les terrasses des cafés désormais fermés, il y pensait en voyant les flammes des incendies qui s'étendaient aux bâtiments publics des bords de Seine, il y pensait en entendant la canonnade et les bavardages sous un soleil cramoisi puis sous une pluie continue qui trempa le pavé et laissa traîner un brouillard qui, la nuit, enveloppait la ville d'un voile incandescent.

Le samedi, avec la fusillade de cent quarante-sept fédérés contre un mur de l'enceinte du Père-Lachaise, on comprit que ce serait bientôt fini. Le dimanche, la dernière barricade tombait. Auguste ne savait pas comment s'y prendre pour avoir des nouvelles de Raoul et – surtout – son instinct lui soufflait que c'était risqué. Il supposait qu'il en avait réchappé, qu'entre les passeports et les planques il ne manquait pas de stratagèmes pour sauver sa peau. S'il n'avait pas déjà trouvé refuge à l'étranger, il était hébergé par un citoyen au-dessus de tout soupçon et, sous un déguisement inattendu, il était capable de surgir à l'improviste comme – naguère – à Marlotte et devant l'Hôtel-Dieu. Par méprise, Auguste crut le voir encore un soir rue du Dragon, un matin à Louveciennes où il s'était rendu chez ses parents. Et puis il y pensa de moins en moins.

La suite de l'histoire, il l'apprit bien assez tôt et il s'attrista qu'elle fût si brève. Il la connut grâce à Pilotell, qu'il avait croisé une fois ou deux depuis le jour de la réouverture du Louvre. L'ancien commissaire aux beaux-arts métamorphosé en commissaire de police avait trouvé un abri provisoire dans l'arrière-boutique d'un marchand de couleurs qu'il avait sauvé d'un quiproquo fâcheux le mois précédent. À voix basse, le regard fuyant, il lui fit le récit des dernières heures de Rigault, autant pour satisfaire la curiosité de Renoir que pour partager l'image qui le hantait et, par là même, pour se débarrasser un peu du poids qu'elle représentait. Et il en reprit le fil à la sortie de l'Hôtel-Dieu, après l'intermède de la pêche à la ligne.

De retour au Palais de justice, Raoul avait découvert une liasse de témoignages qui relayaient l'article paru dans *Le Père Duchêne* sur le thème : Rigault protège-t-il Chaudey ? Ce même Chaudey qu'il avait incarcéré, ce sincère républicain qui avait eu l'honnêteté d'écrire dans *Le Siècle* qu'il acceptait “devant la justice et devant l'histoire la responsabilité d'avoir défendu l'Hôtel de Ville le 22 janvier”, le jour où les gardes mobiles avaient tiré sur la foule et fracassé la tête de Sapia. La femme de Chaudey demandait à nouveau qu'il la reçût et il devinait à quels sentiments elle ferait appel. Il eut alors l'idée de convoquer la veuve Sapia, qu'il savait où trouver puisqu'elle siégeait le soir à la commission pour l'enseignement dans les écoles de filles. Malgré les réserves que la veuve exprima sur la loi du talion, il ordonna l'exécution. Il accorda néanmoins à l'épouse la faveur de dire adieu à son mari. Très tard, Rigault se rendit à la prison de Sainte-Pélagie, où il s'entretint cinq minutes avec Chaudey pour lui expliquer qu'il n'avait plus le choix à cause des otages exécutés par les Versaillais et pour l'entendre répondre : "Vous allez voir comment meurt un républicain." À la lumière d'une lanterne falote, il donna l'ordre au peloton de faire feu. C'était la première fois.

Les soldats visèrent trop bas ou trop haut. Rigault s'approcha et lui donna le coup de grâce.

À minuit passé, Pilotell revit Rigault à la préfecture. Il lui parut ombrageux. Raoul avait des bourdonnements dans les oreilles qui n'étaient pas de son âge, il vida sa tabatière en bois de corozo, il découvrait le soleil noir. Alors il rejoignit le bataillon dont il avait le commandement à Montmartre. Les hommes étaient déterminés, entraînés par les relations de voisinage qui les obligeaient, le pouls moins rapide qu'ils ne l'auraient imaginé. Rasséréné, il regagna son quartier, son domicile rue Gay-Lussac, pour un sommeil bref et agité.

Est-ce la chaleur ou la lueur des flammes qui le réveilla ? Son drap était moite et l'aurore empourprée. Il se versa le broc d'eau sur la nuque et se rafraîchit le visage, puis il endossa son uniforme de fédéré tout neuf au moment où d'autres le rangeaient au fond d'une armoire par pusillanimité. Il tira sur le col au revers rouge cerise, il passa la main sur les galons, il fit une grimace parce que le pantalon était trop long. Par la fenêtre, il aperçut les troupes versaillaises qui occupaient déjà le bas du jardin du Luxembourg et s'apprêtaient à marcher sur le Panthéon.

Les balles et les obus sifflaient quand il fit le tour des barricades. Il y croisa Vuillaume, il échangea quelques mots avec lui, ils rirent, par fanfaronnade peut-être mais le propos n'en était pas moins grave. "Et si on meurt, il faut au moins mourir dignement." Raoul fit un détour par le Café d'Harcourt avec le commandant du bataillon. Il était fermé, il tapa au volet et le cafetier lui ouvrit. Il commanda une grenadine, le commandant un brandy, et ils n'avaient pas besoin de parler pour se comprendre. Raoul remonta ensuite vers la rue Soufflot. C'est là que Pilotell le vit pour la dernière fois, vivant. Il lui adressa un signe par-delà la barricade qui résistait et voulait encore y croire.

Vers le milieu de l'après-midi, Raoul était mort de fatigue. Il avait besoin d'un lit et l'hôtel où il avait une de ses planques était un peu plus bas dans la rue Gay-Lussac. En route, il croisa Charlemont, le professeur de boxe française et de canne de combat avec lequel il avait sympathisé. C'est à ce moment-là qu'il fut repéré par un lignard du 17e bataillon de chasseurs à pied que, lui, il ne vit pas. Le capitaine demanda au patron de l'hôtel de lui livrer ce communard galonné – sinon, il serait fusillé. Le bonhomme monta au sixième étage, il prévint Rigault, mais Rigault refusa de s'enfuir par les toits. Il redescendit donc avec lui, l'assurant qu'il n'était "ni un lâche ni un cochon". Le capitaine du 17e l'emmena dehors et, sous bonne escorte, ils descendirent la rue sur une centaine de mètres, jusqu'au coin de la rue Royer-Collard. Le capitaine ignorait qui était son prisonnier, il ne connaissait pas l'affiche des membres de la Commune qui ornait les vitrines des librairies, ni bien sûr la photographie de Carjat. Il lui commanda de crier “Vive Versailles !”, il approcha son revolver de sa tempe et il lui répéta de crier “Vive Versailles ! À bas la Commune !”. Raoul gardait les yeux grands ouverts, sur les maisons en pierre de taille de ce bout du Quartier latin, sur le ciel au-dessus, bleu mêlé de gros nuages roussis, sur les grilles du jardin du Luxembourg où il n'irait plus se balader. Il fixa le capitaine avec tout le mépris qu'il pouvait encore exprimer à la dernière minute de sa vie et il cria : “Vous êtes des assassins ! Vive la Commune !”

Le crâne explosa, la cervelle se répandit sur le sol, il rejoignit les mânes de Sapia et de Flourens. Pour se faire la main, les chasseurs à pied criblèrent son corps de balles. Puis, pour faire bonne mesure, ils lui piquèrent ses bottes, ses chaussettes tant qu'à faire, sa montre. Un autre écrasa ses binocles, que le coup de revolver avait projetées sur le trottoir. Un peu plus tard, quand le quartier fut repris par les forces de l'ordre, quelques rentiers téméraires descendirent pour arracher les galons de son uniforme et lui faire les poches.

Vers cinq heures, Pilotell remontait la rue Gay-Lussac en direction d'un endroit plus sûr. Il reconnut Rigault. Il le regarda, mais à la hâte, pour ne pas attirer l'attention. Il releva la position du corps, le bras droit coincé dans le caniveau, un ou deux détails, à mémoriser en vue d'un croquis.

Le cadavre traîna sur la chaussée toute la soirée. Par compassion, sans peur d'être dénoncée, une dame déposa sur son corps une couverture. Pilotell l'avait croisée avec Rigault au cabaret, il ne connaissait que son surnom, Rigolette, et il aimait comme elle se pomponnait. Les pieds nus n'étaient pas recouverts et les mouches y migrèrent. À la nuit, on le porta, dans une charrette, avec trois autres macchabées, jusqu'à la cour intérieure d'un immeuble cossu. Les flammes, l'odeur âcre de fumée et de charogne, les éclairs des tirs d'artillerie, tout concourait à donner l'impression d'être plongé dans l'enfer. Les propriétaires du premier étage exigèrent qu'on nettoyât la cour de cette pourriture, mais on ne pouvait pas s'en débarrasser comme on avait jeté Jonas par-dessus bord.

Le lendemain, contre un reçu, le concierge le remit aux nouvelles autorités et Rigault fut traîné dans une fosse commune creusée dans les contre-allées du jardin du Luxembourg.

Auguste fit un calcul très simple. Raoul n'avait pas encore vingt-cinq ans.

10

Rigault était mort et pas tout à fait mort.

Un an plus tard, malgré la lecture du procès-verbal de décès établi par un commissaire de police qui en avait profité pour escamoter des archives sa propre fiche, le 6e conseil de guerre réuni à Versailles le condamna à mort par contumace.

Les vainqueurs prétendaient que Rigault s'était entouré de sosies, que le capitaine du 17e bataillon de chasseurs à pied n'avait exécuté qu'une réplique, ce qu'il était impossible de vérifier. Les exemples abondaient de types fusillés pour une ressemblance avec un de ces gredins, pour un vague air de famille que les attestations de témoins impartiaux ne suffisaient pas à gracier. L'heure était aux précautions. Si on voulait être tranquille pour trente ans, le bras du parti de l'ordre ne devait pas trembler. Il fallait mettre le prix.

Des rapports de police, des renseignements de la Sûreté signalaient sa présence en des lieux divers. Genève, Londres, Vienne, Trieste, Rotterdam, Bruxelles, toutes destinations trop proches. Une information consulaire, plus optimiste, prétendit qu'il avait rejoint la Dmitrieff et qu'il s'agitait désormais à Vladivostok. Quelques mois plus tard, une source sérieuse signala sa présence en Amérique du Sud, avec Mademoiselle Martin du Théâtre des Délassements-Comiques, reconverti dans les affaires commerciales. D'autres notes arrivaient à la préfecture : certaines donnaient lieu à une enquête, la plupart étaient si peu crédibles que les chefs de service les jetaient au panier.

Ses anciennes relations furent surveillées, plus ou moins étroitement. Ses amis, bien entendu, étaient morts ou en prison ou expédiés au bagne. Quelques-uns, toutefois, avaient réussi à passer la frontière et il fallait compter sur la bonne volonté des polices étrangères. Auguste ne fut pas inquiété ; il ne sut jamais que le prince Bibesco l'avait protégé. Bien qu'il eût renié Raoul, le père Rigault était épié parce que la rumeur voulait qu'il eût récupéré le corps de son fils dans la fosse et lui eût donné une sépulture au cimetière. Deux agents surveillaient les allées et venues à son appartement, un autre épluchait ses dépôts bancaires, un autre encore les boutiques où il s'approvisionnait, notamment la pharmacie en raison de sa santé. Les leçons d'anglais intriguèrent et on imagina que son père et sa mère allaient prendre le bateau pour l'Angleterre. Une lettre anonyme dénonça le pactole amassé par les Rigault : ce n'était plus seulement des pots-de-vin de laissez-passer ni des fonds extorqués aux usuriers des quatorze succursales des monts-de-piété, mais des lingots de la Banque de France sortis par des souterrains creusés à partir des égouts et des toiles de maître subtilisées dans les réserves du Louvre et revendues sur le marché. Toutes les accusations furent répétées à l'envi et de nouvelles imputations furent lancées. Les relations "contre nature" de Raoul avec Da Costa étoffèrent l'éventail des calomnies officielles.

Un an après, la semaine sanglante demeurait l'objet de toutes les batailles – la bataille des idées, la bataille des chiffres, la bataille des images. Auguste aurait bien renvoyé dos à dos les uns et les autres sur le plan des idées. En revanche, les chiffres ne prêtaient pas à discussion, ni la furie qui avait présidé à l'exécution des otages et des innocents – mais sa sœur lui avait certifié que c'était dans la proportion de un pour dix. Selon le *Journal officiel*, la bagatelle de 379 823 dénonciations, la plupart anonymes, avaient afflué dans les commissariats de police les quinze premiers jours de juin. Enfin, une image le pétrifiait : la photographie de douze cercueils alignés en deux rangées de six, les cadavres serrés comme des sardines dans leur boîte ou des momies dans les catacombes, numérotés, encore habillés ou recouverts d'un linceul, une couronne mortuaire entre les mains de l'enfant allongé dans la boîte en bas à droite. Et puis il y avait désormais la haine, plate, recuite, des vainqueurs, les ricanements de ceux qui se contentaient de les applaudir, le ballet écœurant du lâche soulagement. Comment oublier ce qu'on avait vu ? Le cafard de Manet y trouvait son ferment. Il fallait être Renoir pour garder, par un brin de désinvolture, une certaine joie de vivre.

Écœurantes, les absurdités proférées par les vainqueurs allaient jusqu'à l'accusation de cannibalisme. Mais le plus écœurant peut-être, à cause de l'indécence et de la mesquinerie, ce fut le tourisme des ruines. Des trains de plaisir déversèrent sur la capitale des tombereaux de touristes en goguette, en robe de soie et bibi de satin, en frac à pans étroits ou costume trois pièces, disposant dans les hôtels de plans avec des circuits attractifs, achetant dans les kiosques un des guides avec planches pour disposer d'un itinéraire plus détaillé, acquérant des photographies retravaillées à loisir, tout un trafic destiné à relancer l'économie après une année désastreuse, sans considérer l'enchaînement des événements ni songer aux ruines qui résultaient des travaux du baron Haussmann.

Pendant près de dix ans, Auguste n'entendit pas beaucoup parler de Raoul. Il y pensait seulement quand ses pas le conduisaient vers le jardin du Luxembourg ou vers la rue de Jérusalem. Pour lui et pour ses amis peintres, les temps devenaient plus favorables, même si quelques critiques acerbes les traitaient d'"aliénés", voire de "communards", parce qu'il fallait bien des insultes supérieures. Pour les communards, l'heure restait à l'expiation et au bagne. Peu expièrent leurs crimes ; à la place, on leur servit la pièce montée indigeste du Sacré-Cœur sur les lieux mêmes des barricades. Le bagne eut ses abîmes et ses dérivatifs. En mer, quelques-uns finirent dans un sac de toile, cousu à la va-vite, car "il faut bien que les requins mangent". L'amnistie arriva trop tard pour la plupart des hommes, broyés par la meule. Leurs points communs étaient la pauvreté et la fidélité, dans les formes les plus diverses.

Allix – condamné à la déportation mais à l'asile d'aliénés, sans ressources, recueilli par ses sœurs, présenté dans un rapport de police comme “le modeste secrétaire d'une association de bas-bleus qui rêvent l'égalité absolue de l'homme et de la femme”, fidèle aux enterrements de ses amis. Avrial – condamné à mort par contumace, parti aux commandes d'une locomotive, spécialisé dans les machines à coudre, inventeur d'un “motocycle à pétrole”, militant socialiste puis candidat républicain aux élections, bon père et bon enfant. Babick – condamné à mort par contumace, réfugié en Suisse déguisé en pasteur, devenu souffleur de théâtre et professeur d'échecs, promoteur malheureux d'une souscription destinée à financer la publication de ses mémoires. Charlemont – condamné à la déportation par contumace, passé avec un faux passeport en Belgique où il signa un contrat de boxeur dans les kermesses puis publia son premier ouvrage, *La Boxe française. Traité théorique et pratique*, prêt à monter dans un cargo pour Cuba afin d'y créer une fabrique de savon, revenu après l'amnistie à Paris où il fonda une académie de boxe. Cournet – condamné à mort par contumace, arrivé en Angleterre via l'Espagne, militant, journaliste, légataire de Blanqui, loyal envers sa passion invétérée du trictrac. Da Costa – condamné à mort avant que sa peine soit commuée en travaux forcés à perpétuité, embarqué avec les bagnards pour la Nouvelle-Calédonie, jardinier ; après l'amnistie, correcteur d'imprimerie, professeur de grammaire et franc-maçon. Garreau – arrêté, fusillé le lendemain, il eut le temps d'écrire à sa compagne une splendide lettre d'adieu. Moreau de Beauvière – arrêté sur dénonciation malgré ses tentatives pour empêcher les exécutions d'otages et les incendies, fusillé, puis condamné à mort par contumace. Paget – arrêté, relâché sur injonction du marquis de Quinsonas, il retourna chercher la cravate et les chaussettes "qu'il avait confiées aux sœurs pour être lavées" avant de rentrer dans son Jura natal, où il fut arrêté et condamné en correctionnelle à un an de prison pour usurpation de fonction. Regnard – condamné à mort par contumace, réfugié à Londres où il défendit la mémoire de Rigault et prononça une conférence sur "un poète révolutionnaire et socialiste, Shelley" ; après l'amnistie, il continua d'exercer la médecine, de préconiser l'assistance publique et de défendre les idées de l'*Encyclopédie*. Verlaine – caché chez les parents de sa femme, condamné par contumace sous le nom de Merlaine à la déportation dans une enceinte fortifiée, il usa ses brodequins sur la route et fut veillé par la main de gloire jusqu'aux dernières pages de son dernier carnet où il note son pantalon raccommodé et la liste des empereurs romains liés par une accolade avec deux phrases en travers, "ça pouvait être au milieu d'un juillet paysan / huit heures du soir avaient teint ma fenêtre en bleu". Élisabeth Dmitrieff – échappant aux contrôles de police sous son vrai nom, Koucheleva épouse Tomanovskaïa depuis son mariage blanc, elle regagna la Russie – épousa pour de vrai un garçon condamné par le tsar à la déportation au fin fond de la Sibérie, où elle le suivit.

Au tout début des années quatre-vingt, une souscription fut ouverte dans le dix-huitième arrondissement pour élever un buste à Rigault. Plusieurs artistes, “au nombre desquels MM. Manet et Renoir”, apposèrent leur signature et donnèrent leur écot. Auguste ne regarda pas à la dépense. Mais les potentats réactionnaires interdirent la souscription et on en resta là. Raoul n’était pas bon pour la légende.

Renoir n’en entendit plus jamais parler. Et il semblerait qu’il n’y pensât plus.

Désormais, les petits-enfants des peintres paysagistes parcourent le chemin aux merles et les roussins garent leurs paniers à salade quai des Orfèvres, car la rue de Jérusalem a disparu lors des travaux d'agrandissement du Palais de justice. Tout a changé et rien, bien sûr, n'a vraiment changé. À dix ans, vous trouvez déjà que les rochers de grès ressemblent à des dos d'hippopotame et, à trente ans, vous pouvez être flic et vous prendre pour un ténor dans l'air de l'opérette à succès, "Ah ! tais-toi tu m'affoles".

On est près de cinquante ans après la dernière rencontre entre Renoir et Rigault. Il y a à nouveau une guerre dévastatrice, une révolution russe qui se réclame de la Commune, des baigneuses bien en chair avec des bouches comme des cerises. Bien qu'il soit contraint de se déplacer en chaise à porteurs munie de deux bambous, perclus de rhumatismes et de plaies aux fesses qu'il faut couvrir de talc malgré son coussin de kapok, les doigts tordus et gantés de mitaines grises, Auguste peint sans relâche jusqu'au dernier jour, émerveillé.

Une ultime visite au Louvre, ouvert pour lui seul, le reconduit en fauteuil roulant devant les maîtres vénitiens et *Le Radeau de la Méduse*. Le tableau a salement vieilli à cause du bitume de Judée mais il retrouve la trace de vermillon et l'écho du fait divers qui avait captivé Rigault le jour de la réouverture du musée. Avec les tranchées, on a donc encore repoussé les extrêmes de l'humanité. Mais qui les peindrait ? Pas lui en tout cas, pour toutes les raisons du monde, pas davantage son vieux copain de jeunesse noyé dans les nymphéas. Des jeunes, qui ont vu, de leurs yeux vu, la guerre, peut-être. Pour peindre quoi et pourquoi et comment ? L'Histoire n'en finit pas. En vrai, il n'avait plus pensé à Raoul depuis une bonne trentaine d'années – c'était hier. Et il reste frappé par la vitesse à laquelle tout va. Alors il repense soudain aux collègues qu'il avait croisés devant la peinture des naufragés, à la mort d'hydropisie de ce pauvre Courbet qui peignait la neige et les truites comme personne, à la carrière de Pilotell, parti à Londres dessiner des costumes pour les personnages de cire du musée de madame Tussaud. Devant une nature morte d'aigrette huppée, il repense aussi à son pauvre Bazille fauché dans son uniforme de zouave huit jours avant ses trente ans.

Le dictionnaire lui a appris qu'il y a deux crépuscules, celui du matin et celui du soir. Ils viennent de Fontenelle, qu'il admire pour son modèle de longévité et pour cette phrase des *Entretiens sur la pluralité des mondes* : “les crépuscules sont une grâce que la nature nous fait, c’est une lumière que régulièrement nous ne devrions point avoir et qu’elle nous donne par-dessus ce qui nous est dû”.

Rigault, lui, concevait la pluralité des mondes selon Blanqui, conjuguant le hasard et la nécessité pour tirer des plans sur la comète en vue des révolutions à venir. C’était une façon de se rassurer par des abstractions et de se persuader que la Commune serait l’aube de l’humanité. Renoir préfère à tout jamais les crépuscules tangibles et palpables. Toute sa vie, il a pris du plaisir à peindre, même quand le travail se révélait ingrat.

Cette matinée encore, on le porte à travers le verger et les hautes herbes soulevées par le vent, parmi les oliviers en terrasse, ralentissant quand le sentier devient pentu, accédant au lit d’un ruisseau limpide que les jeunes traversent pieds nus d’une simple enjambée, le remontant jusqu’à une grève de sable blanc. Bien que la moindre secousse ravive les douleurs, il reste ébaubi par l’harmonie du monde et par la part d’enfance qui persévère en chacun de nous.

Assis dans son siège en osier, sous une large ombrelle, il contemple les baigneuses et la toile où il les a allongées. Il choisit un pinceau fin, il tient à ajouter cette dernière touche de couleur sous le sein droit de la jeune femme, et il respire longuement avant de tendre le bras. Un bourdonnement arrête son geste. Ce sont des mouches. Peu importe qu’elles soient vertes, il les chasse “parce qu’elles sentent le cadavre”. Et puis des frelons viennent se poser sur la toile ou sur les baigneuses, il ne voit plus très bien la différence. Il agite les mains, il perd le mouchoir qui lui protège la paume, il murmure qu'il doit disperser les frelons. Son père l'avait mis en garde, autrefois : trois piqûres tuent un homme, six un cheval et neuf un éléphant. Mais il ne faut pas croire tout ce qu'on nous raconte. Son infirmière lui certifie que le frelon, en provençal cabrian, n'est pas plus dangereux qu'une abeille et que le tout est de ne pas ouvrir grand la bouche. Renoir lui répond qu'il évite de l'ouvrir car il n'a plus de dents. Son rire grêle souligne le sarcasme. Et il ajoute : "Je suis foutu" ; c'est son refrain.

Au retour, il demande qu'on le dépose dans la pièce où il a accroché son portrait peint par Bazille. Il ne s'en est jamais séparé. Il sait qu'il ne devrait pas le regarder. Le plus étonnant, c'est qu'il se reconnaît. Il est bien le seul. Il a vingt-cinq ans et un beau pantalon gris, il est assis sur un fauteuil en bois, les jambes repliées, des bottines vernies, les pieds suspendus à hauteur du siège, les coudes, mains jointes, sur les genoux pour maintenir l'équilibre, veste noire, chemise blanche, cravate bleue qui s'accorde au fond de la toile, le regard vif, prêt à croquer la vie. Après avoir réclamé son coussin en velours de soie, il commande qu'on le laisse seul.

Les journées raccourcissent, la distance aussi. Le mois de décembre entame sa réserve de soleil. Une après-midi, il demande un godet de térébenthine et ses pinceaux pour coucher sur un petit format des anémones fraîchement cueillies. Sa palette lui sert encore à étendre deux bécasses abattues le matin même par le docteur du village. Il les contemple, les bécasses, il voit parfaitement comment les représenter et il n'a aucune illusion. La fricassée lui abîmera les gencives, même hachée menu. Pour l'heure, il demande simplement à sa gouvernante qu'elle lui gratte la peau du dos.

Du même auteur

Bibliographie

POÉSIE

Italiques deux, Seghers, 1992
Entre- temps, Flammarion, 1997
Échoir, Flammarion, 1999
Été, Flammarion, 2005 (prix Apollinaire)
Été 2, Flammarion, 2010
Etc., Flammarion, 2016
Et, Flammarion, 2020
E bientôt muet, Flammarion, 2022

ESSAIS

Œil noir (Degas), Flohic, 1999
Autoportrait sous les arbres, Flohic, 2001
Ecce Homo (Rembrandt), Desclée de Brouwer, 2006
Imprimer le monde, Le Tigre, 2010
Petite Philosophie du vélo, nouv. éd., Flammarion, 2014
Petite Philosophie du ballon, Flammarion, 2018
Ephémère, Stock, 2020

ROMANS

L'Arbre de vies, François Bourin, 1992
L'Orgue de barbarie, Seuil, 1995
La Tristesse du roi, Seuil, 1997
Le Pardon aux oiseaux, Seuil, 1998
Une fin d'après- midi dans les jardins du zoo,
Seuil, 2000
Kinopanorama, Panama, 2005
Yankee, Panama, 2008 (prix Louis Guilloux)

Ghetto, Seuil, 2010
Dernières Nouvelles du martin- pêcheur,
Flammarion, 2014
Vladimir Vladimirovitch, Flammarion, 2015
Un autre Eden, Seuil, 2019

VIES

Plonger, Gallimard, 2011
Caro carissimo (Puccini), Gallimard, 2012
À tombeau ouvert, Stock, 2016
17, Seuil, 2017

RÉCITS DE VOYAGE

Petit Voyage d'Alma-Ata à Achkhabad, Seuil, 2003
À mon tour, Seuil, 2003
Evviva l'Italia, Panama, 2007
Portugal, François Bourin, 2013
Lincoln Highway 750, avec les dessins de Barroux,
Urban Comics, 2018
Hourra l'Oural encore, Paulsen, 2020
Zoner, Flammarion, 2021

RÉCIT

Martin cet été, Julliard, 1994

BEAUX- LIVRES

L'Humanité, Seuil, 2004
Des nuages, Seuil, 2006
Les Vingt Glorieuses, Seuil, 2007
Marathon(s), Seuil, 2011, nouv. éd., 2017
Le Dernier Tableau, Seuil, 2017
Une histoire vivante des ouvriers : de 1900 à nos jours,
Seuil, 2020

Remerciements

Je remercie Marié Moriguchi pour m'avoir confié un chapitre de son travail encore inédit, *Techniques et théories de la couleur chez Pierre-Auguste Renoir*, lu après les ouvrages des maîtres, Ambroise Vollard, Élie Faure et George Besson. Et je ne peux que dire mon admiration pour la vitalité du récit de Jean Renoir, *Pierre-Auguste Renoir, mon père* où la rencontre avec Rigault apparaît en quelques lignes.

Je n'oublierai pas mes vieux souvenirs des livres pionniers de Jacques Rougerie, historien, et de Bernard Noël, écrivain, aux quels je joins le Maitron, c'est à dire toutes ces vies rassemblées dans le *Dictionnaire biographique du mouvement ouvrier*, augmenté sous la direction de Claude Pennetier. Quant au cent-cinquantenaire, il nous a notamment gratifié de *La Commune de Paris, 1871, les acteurs, l'événement, les lieux*, coordonné par Michel Cordillot aux éditions de l'Atelier et de *La Commune de 1871 expliquée en images* publiée aux éditions du Seuil. Il va de soi que je tiens à saluer le passionnant blog de Michèle Audin et le travail des éditions Libertalia.

RÉALISATION : NORD COMPO À VILLENEUVE-D'ASCQ
IMPRIMERIE NORMANDIE ROTO
DÉPÔT LÉGAL : AOÛT 2022. N° 15729 (2201496)
IMPRIMÉ EN FRANCE